타이피스트 시인선 005

학교를 그만두고 유머를 연마했다

최민우

타이피스트

시인의 말

마음 자체가 이물감이 든다.

2024년 9월

최민우

차례

1부 양지바른 곳에 묻혀 풍경이 되는 게 낫다

2부 이상한 다큐멘터리들을 너무 오랫동안 보았다

3부 물방울처럼 맑게 터진다면 좋겠다

4부 당신의 기분을 책임져 드립니다

1부

양지바른 곳에 묻혀 풍경이 되는 게 낫다

소시민

주말은 내 몸이 아직 평일인지 모른다
자는 동안 배송 중인 시집들이 곤지암 허브에 갇혔다

누군가 햄버거를 먹으며 친구에게 말했다
석촌호수에 시체 나온 게 한 달도 안 됐는데
어떻게 물맛 좋다는 제목을 쓰지 존나 기괴하다

동사무소 거울 앞에 항상 행복하세요라고 쓰여 있길래
이 건물이 내게 무리한 요구를 한다고 민원 넣었다

바다가 날 부르는 줄 알았어
네 옷에 떨어진 모래가 녹아 녹색 유리로 변했어
새벽마다 꿈에서 헤어지는 너의 말을 메모한다

밤을 새면 심장에 무리가 가서
수명이 줄어든다는 속보를 비웃다가
끔찍하게 좁은 방에서 바라보는 재개발 구역
철거민 연합

지하철 승객을 막는 경찰들
나를 뛰어넘는 뭔가를 알아 버리면
다시는 같은 방식으로 세상을 보지 못한다

뒤통수에 돌 맞다 죽기 싫어서
학교를 그만두고 유머를 연마하기 시작했다

저는 농담과 진담을 잘 구분하지 못해요
마주치는 사람마다 웃음을 떼어 나눴다

너는 우리에게 충분히 좋은 사람이야
아스팔트에 달라붙은 전단 문구를 보고
언제 울지 몰라 손수건을 챙기는 습관이 생겼다

내 코골이에 내가 깨서 냉장고를 들여다본다
곰팡이는 눈 깜짝할 새 자란다

버스 정류장에서 경기 바다 해양 수산물 기준이

“안전”인 것을 발견했다

상처받지 않는다는 것은 완전히 고립됐다는 뜻 아닙니까?
그래 제길 나 이렇게 살았어

까마귀 울음소리가 고요한 아침을 찢는다

나조차도 납득 못 하는 나의 세계관을 떠올리고
커피 내리는 걸 잊는 게 일상이다

일상을 뜸 들였구나

돌아오는 길에 문 앞에서 죽은 새를 보았다
가지런히 누워 있길래 무심코 애도했는데
동시에 고양이의 보은일까 생각했다

창문이 나를 비춘다
범인이 현장에 다시 온 것처럼

지금 내가 뭘 하고 있는지 알 수 없다는
너의 허기진 물음은 여전히 울음을 부른다

이렇게 눅눅한 공기라면 아가미 호흡을 배워야 할 것 같다
호흡마저 유행은 아니겠지

폭설 여름

11월에 더워서 땀을 흘린 적은 처음이다
내년엔 벌레가 더 많아질 거란 말이 자주 들렸다

이미 인간이 너무 많아졌다고 말하자
내 입이 사라졌다

빙하가 더 많이 녹았다는 뉴스를 본다
폭설처럼 쏟아지는 여름 사이로 꿀벌들이 사라졌다
북극곰은 발 디딜 곳이 없다

보는 쾌락

고장 난 LED 화면을 보며 생각했다
이대로 이곳도 무너지는 건 아닐까?

에어컨 아래로 사람들이 모여든다
서울역은 텔레비전이 사라졌다
몇 개의 벤치들도

홈리스는 자리가 녹아내린 북극곰을 떠올린다

버려서 타다 남은 옷들이 강가로 떠내려온다
페페트병을 녹여 재활용한 옷을 입고 너를 만난다
나는 마치 바다를 청소한 것 같다

보는 쾌락

침팬지 클라라는 강으로 흘러든 폐수를 마시고
얼룩소 부이는 쓰레기 언덕에서 밤새 옷을 되새김질하고
조만간 내가 먹는 밥에도 고무 씹는 맛이 날 것이다

17세기 암스테르담의 한 상점 달력에
다음과 같은 글귀가 적혀 있었다
인간종
주의 날이 오면 그의 심판대 앞에
네가 어떻게 매달려 있을지를 생각하라
네 죽음을 기억하라

이런 그림을 사람이 없는 동화에서 보았다

톱니바퀴의 소음에 비명이 묻히고
몇 개의 종이 사라진다

보는
쾌락

텔레비전을 보는 사람들은 여전히
좋은 이야기가 나오길 바라고 있다°

여름을 만끽하기 위해선
양지바른 곳에 묻혀 풍경이 되는 게 낫다

° 이랑, <신의 놀이>, 2016.

정체성

쿠키 영상 없음. 떼제 기도회. 귀여운 노란색 양말. 슬픔의 반죽과 버터를 겹겹이 말아 올린 크루아상 닥치고 먹어. 생일 기분. 겁쟁이. 교회. 시혜와 자해. 슬픔 같은 건 다 망가져 버렸으면 좋겠다.° 식물이 죽으면 초록별로 떠났다고. 투병하다 떠난 친구를 안아 주는 꿈. 수족관에 죽어 있던 두 전어. 나는 나의 마음을 지나치거나 방치하곤 했다 그것이 진짜 같은 마음°°이라 믿으면서. 나는 최선을 다하고 있지만 자꾸 무너져요. 내가 내 기도에 갇힌 것 같다. 우울-절망-슬픔이란 말로 가난을 완성할 수 없다. 사람들은 악몽을 꾸고 나는 꿈꿀 힘이 없다. 된장찌개 마스터. 청년 절망 적금. 너는 내가 널 좋아하는 만큼 날 좋아하지 않는 것 같아. 비싼 그릇에 담긴 말차 같은 슬픔. 당신의 소식을 전해 들은 내가 뭐를 했냐면요. 숨죽여 울기. 투쟁과 연대. 온몸으로 눈보라를 맞으며 M83을 듣는 사람. 검은 구슬로 변한 강아지. 갈비뼈처럼 보이는 횡단보도. 우린 붕괴된 사랑에서 자란다. 나뭇잎과 빛이 떨어지던 권나무 야외 공연. 내가 비닐우산을 챙길 적에 그리스와 리비아는 폭우가 덮쳐 사람들이 떠내려가고 있었다. 집이 없는 사람들은 어디서 잠들까. 내가 지금 뭘

하고 있는지 알 수 없다고 생각할 때면 기숙사 앞에 앉은 고양이를 마주하고 인사한다. 빈 역에 걸터앉아 담배를 피우네.[°°°] 푸른 전구 빛. 신당역의 여성 노동자와 서울교통공사와 장애인 이동권 시위. 한 줌의 빛. 사랑 없이 발현되는 진실. 폭설 같은 여름. 기억을 보내 주시면 잠으로 교환해 드려요.[°°°°] 대낮에 위스키 한 잔. 수다와 농담과 가십을 나누는 산책. 팔레스타인 전통 자수는 집–땅–기억에 대한 상상이고 돌아갈 수 없는 고향에 대한 그리움이다. 정신의 가속 노화. 태어나지 않은 첫째 형과 둘째 형에게 편지 쓰기. 어릴 때 가족이 모여 드럼통에 구워 먹은 메뚜기. 작은아버지가 내 고추가 얼마나 익었냐고 손을 뻗었다. 첫사랑이 내게 붙인 별명은 허수아비. 내 인생에서 중요한 무언가가 빠진 것 같아. 유영하는 구름 속에서 본 번개. 우우 우리를 돕고 싶어.[°°°°°]

° 안미옥, 『온』, 2017.
°° 이서하, 『진짜 같은 마음』, 2020.
°°° 사뮈, <빈 역>, 2020.
°°°° 김사월, <헤븐>, 2020.
°°°°° 김사월, <로맨스>, 2018.

첫인상 페스티벌

뒤풀이에서 각자 돌아가며 첫인상을 얘기했다
모두 내 나이에 놀랐다고 말하는데
나는 깔깔 웃다가 생각한다
내가 록을 좋아해서 그런가

김창완 아저씨는 칠순인데도
록 페스티벌 헤드 라이너에 섰다가
아침 라디오 디제이를 하신다

록커는 늙지도 않는다는 말 사실은
록 하려고 열심히 운동해서 젊은 것 같다
나 빼고 전부 미라클 모닝하고 식단과 필라테스
초절기교를 선보이고 있다
모두 록커세요 정말

저의 생활 주기는 올빼미에게 떡을 돌리고요
엇박자에서 다시 정박자로 맞추겠습니다 선배님

사실 제 선배는 아무도 없어요
선배도 동료도 친구도 선생도
오늘만 보고 지나가는 구름이에요

각기 다른 모양으로 유영하고
자기만의 속도감을 가지고 있는 모습들을
쉽게 사랑하고 마는데요

평생 곱고 맑은 영혼과
통기타 하나로 노래했던 김일두 씨가
페스티벌에서만 드러내던 팔뚝의 선명한 문신

자기 유형을 주장하지 않는 사람이 가장 록커스럽다
예상하지 못한 순간에 튀어나오는 박자처럼

문신 원래 제 겁니다 절대 후회하면 안 됩니다
……
우리 무조건 행복하자구요。

쾅!

° 김일두, <가난한 사람들>, 2014.

롱 숏

나는 영사실에서 영화를 튼 채 꿈속에서 꿈을 꿨다

나는 영화 촬영장의 조연이었다
내게 주어진 지문은 계단을 오르는 것이다 동선이 꼬이면 안 되는데
계단 아래서 몇 번이고 망설였다
파스텔 톤의 회색 사람들이 나를 기다리고 있다
조연 3은 더는 NG를 내고 싶지 않아 나보다 앞서 계단을 오른다

나는 내가 정말 생각한 적 없는 말을 조연에게 말한다
그는 대본에 없던 대사로 당황했지만
이름 모를 철학자의 말을 인용하며 넘어간다
평범했는데 본 적 없는 내 인생을 적어 둔 것 같은 기분이었다

모두가 움직이지 못할 때 안주하는 것은 죄악이다
나는 제법 철학자처럼 생각해 본다 철학자는

여기 있습니다 외치는 누군가의 손이 지하철로 들어선다
안내 방송이 변주되며 문이 열린다
지하철 문틈에 그가 탄 휠체어 바퀴가 낀다

나아가지 못한 사람들이 그에게 말한다
모두가 움직이지 못할 때 안주하는 것은 죄악이다
사람들은 그를 무대 위로 밀어 놓고 빈자리에 앉아 자신을 소개한다
저는 출근해야 돼요 저는 급한 약속이 있어요
나는 입을 다물고 엘리베이터로 향했다

역 안에 멀뚱한 그림자가 빼곡하다
희미한 핀 조명이 그에게서 떠나가지 않는다
빛이 먼지를 지그시 누른다

세트장과 함께 엘리베이터가 심하게 덜컹거렸다
커피가 흘러넘치자 꿈에서 깼다
인기 없는 독립 영화의 마지막 장면처럼

나는 부스스하게 살아남았다

영화의 어느 장면에서 지하철역이 무너졌다는 뉴스가 나왔다
무너진 틈바구니에서 모두 일광욕하는
모자이크 기법으로 꾸며진 풍경이었다

따사로운 햇살은 하루 이틀이면 막을 내렸다
너는 누구와 걸어도 사랑에 빠질 날씨라고 했고
나의 대답은 도심 속 발걸음처럼 느려진다

나는 휠체어 바퀴를 잡고 숨을 들이마시며
내뱉지 않고 다음 장면으로 나아간다

창문 너머 풀 냄새가 밀려왔다

고라니 특공대°

고라니들이 모여 특공대를 만들었다
시위 소음 기준 65데시벨을 넘어가서
벌금을 물어야 하기 때문이다

고라니는 울기만 해도 65데시벨이 넘어가서
그냥 들이받기로 했다

우리에게 뺏어 간 주거권을 보장하라
지나치던 사람들은 비명에 가끔 놀란다

끔찍하게 좁은 사거리 골목
빈틈에 모여서 외쳤다
여긴 갈대숲이 있던 자리다

자리를 잃은 존재들은 건물을 무너뜨리려고 모였다
저마다 바구니에
자기가 팔고 있던 물건들을 든 채
들이받는다

깎여 나가는 모서리와 휘어지는 철근

아아악

아아악

아아아악

살아 있을 때 낼 수 있는 비명

곳곳에 균열이 일어난다

사람들의 길을 막는 경찰 앞에

지하철은 정차하지 않고 승객들을 지나친다

황량해졌다

포장도로가 없었던 때처럼

남은 건 열두 개의 광주리

° 상수역에 있는 복합문화공간. <65db> 공연에서 영감을 얻었다.

페퍼로니

친구 생일 선물로 피자를 만들었다
무엇을 좋아할까 생각하다 내가 제일 좋아하는 피자를

파파존스는 있는데 왜 마마존스는 없어
이런 실없는 말을 하며
나는 피자를 떼어 나눴다

드문드문 토핑이 놓인 페퍼로니를 본다
페퍼로니 하나에 농담과
페퍼로니 하나에 실소와
페퍼로니 하나에 맥주와

기억나? 우리가 싸웠던 날 피자를 먹은 적 있어
너는 웃으며 말했다

토마토소스가 옷에 떨어졌다
잘 어울리는 옷이 비극적인 순간

바닥에 달라붙은 핏자국
흩어지는 올리브 향
나는 아무것도 기억나지 않았다

네가 어떤 맛을 느끼며 먹었는지
저승사자도 모를 것이다

이것은 내 살이요 이것은 내 피

너에게 떼어 준 내 피자
네가 간직한 피자를 다시 누군가에게 떼어 준다

길티 플레저

꿈에서는 누군지도 모르는 사람을 찾을 때가 많다

나는 경의선 숲길 한복판에 앉아서
누군가의 보금자리는 생각하지 않고
다른 행인들처럼 지도 앱을 본다

친구가 지도를 보라고 말했기 때문에
다음 목적지는 어디로 정할까
친구는 나를 보지 않는다

그 사람은 새벽마다 내게 전화해서 털어놓았어요
즐겨 듣는 음악 정리하지 않은 냉장고 잔뜩 사버린 옷들
막연한 미래의 무게 혼자 피워야만 하는 담배

저는 비몽사몽 들었어요
끊을 수 없었어요 어쩔 땐 목소리가 듣고 싶었는데
그는 다음 날이면 말없이 출근했어요 감쪽같이

민재와 겨울°은 1년 만에 다시 만났다
민재는 겨울의 술주정을 다시 말해 줬다
겨울은 기억하지 못한다

연남동의 창백한 유리창들
커피 맛있죠 분위기도 좋고
겨울은 찻잔을 입에 대며 같은 말만 반복했다

그들은 재개봉한 20세기 영화를 보고
버려진 꽃다발 사이로 분주하게 흩어졌다
길게 늘어진 그림자는 시계탑과 구분할 수 없었다

우리는 당산역을 나란히 걸은 적이 있어
전선이 너무 많아 주변이 퍼즐처럼 보였는데
열차를 기다리다 맞잡은 손을 두고
온도가 다르다며 중얼거렸어

나는 두리번거리다 꿈에서 깼어 한낮이었어

내게 필요한 단어로 나를 지켜도
친구들은 나를 떠날 수밖에 없어

오늘 꿈에선 교실을 나와 복도를 마주했다
건너편의 사람들이 계단을 오르내리고 있었다

나는 친구를 친구라 부르지 못했다
네가 욕설과 함께 벽에 적은 나는 친구가 아니어서
자격이 없는 것만 같아

그래서 내 이름에 줄을 긋고 새 이름을 썼다
잠깐 나도 똑같은 놈이 된 거잖아

계단이 한없이 멀게 느껴졌는데
호흡을 가다듬으니 복도가 당겨졌다

나는 기다려 주지 않는 풍경으로 계속 뛸 준비를 했다

저도 잘하고 싶었어요

귓전에 알람이 울린다

° 윤노아 글, 임성민 그림, <겨울의 글쓰기>, 카카오웹툰, 2023. 주인공들의 이름만 차용했다.

얼룩말이 비틀즈를 듣는 상상

상상마당에서 상영하는 비틀즈 영화를 보러 갔다
영사기가 돌아가기 시작하면
띄엄띄엄 앉은 사람들의 줄무늬가 보였다

비틀즈는 애비 로드라는 횡단보도를 건너고 있었다
영국은 그걸 지브라 크로싱이라고 부른다
마지막 장면에서 존 레논이 노래했다 죽일 일도 죽을 일도 없어요

영화가 끝날 때 옆 관에선 굉음이 들렸다

아프리카는 밀렵과 도로 확장이 유행이다 동물들의 터전은 훼손되고
과학자들은 얼룩말의 생존력을 줄무늬에서 찾았다
튀는 줄무늬를 가지고 어떻게 야생에서 살아남는지에 대해서
그렇다고 얼룩말이 덜 잡아먹히는 건 아니다

포식자는 어떤 논의도 소통도 하지 않는다

권고사직을 거부한 사업부 팀장은 논산 캠핑장에
영사실장은 디자인 소품 가게에 인사 발령받았다

그들이 아직 죽지 않았다면 오늘도 아직 살아 있을 것이다

소수의 무리는 다시 소수로 갈라진다
사바나에서 점박이 무늬를 가진 얼룩말이 태어났다
사람들은 줄무늬가 아닌 다른 무늬를 놀라워한다
희귀함
그건 멸종 위기의 다른 말이다

악어 사자 다음은 하이에나 표범
건너 건너 죽고 죽이는 영화가 잔뜩 개봉되고 있었다

새로운 줄무늬를 가진 사람들이 다시 비틀즈를 찾는다

예전부터 얼룩말의 성격은 호락호락하지 않았다

X맨이 분명합니다

네 목소리를 들으면 왜 잠이 오는지 모르겠어
의식적으로 너와 전화하고 자야지
나는 너의 일상 루틴이 되었다

연락하다가 책 읽는다는 말도 없이 사라진 당신
당신은 X맨이 분명합니다 네가 말했다
X맨이 뭐더라? 그거잖아 같은 팀인 척 미션을 망치는 사람

어제는 영상 통화하면서 딴 데 보더니만 좀 그렇습니다
좀 그렇습니다 네가 강조해서 말했다

미안해 미안해
사과보다 따뜻해 이불 덮고 배에 올려 둔 찜질 팩 이것이 나의 행복
네가 행복하다니 좋아 나만이 너의 행복이 아니라니 나도 행복해
오늘도 야식 먹을 거야?

어제 네가 먹는 거 보고 나도 먹고 싶어졌어 맥주에 타코야키다
잘했어 나는 빵과 흑맥주를 먹었지 머리가 아팠어 숙취 때문인가
왜 아팠을까 그렇게나 맛있는 거 먹고

날 두고 너 혼자 먹어서 그래
당연하지. 나는 X맨이 아닌 척 인정했다

서로 깨어 있는 시차가 달라서
우리는 영원을 약속하지 않고 다만 자주 만났다

생존하기엔 터무니없이 연약한 모습에도
누구도 생각하지 못한 원대한 목적
안아 주기
안아 버리기

네 침대는 백발백중이야

잠든 줄도 모르게 잠드는 거

정답을 찾아낸 것처럼 웃었다
기댈 수 있는 어깨로 탈락하는 순간

풍경을 500자 이내로 서술하시오

각자 다른 이유로 슬퍼하는 사람들
너는 우는 얼굴을 어떻게 가려?
유리창 너머 엉엉 우는 사람
앞에 서서 그걸 보는 내가 유리에 비친다
나는 그의 울음을 보았지만 모른 체한다
이건 그가 아무도 신경 쓰지 않고
엉엉 울고 있는 것에 대한 예의
무릎 꿇고 우는 사람이
내 심장 높이만큼 닿아 있다
그의 거친 숨을 따라 박동이 점점 느려진다

날갯죽지에 돋아난 외로움
그것이 어떻게 우릴 들어 올릴지
500자 이내로 서술해야 한다
필기체가 아름다워 보이는 건
빌려 온 시간과 고통을 글자로 덮었기 때문
내 글에 매달아 왔던 생명을 되짚어 본다
잿더미 속에 불씨가 남았다면

엉엉 우는 것으로 태워 버릴 사람도
조금 기다릴 수 있다

고체의 우울
거기에 누군가 칼을 꽂을 때
눈 깜짝할 새 사라지는 마술
나는 죽인다고 말하고 친구는 끝내준다고 말했다
나는 오늘도 무언가를 죽였다
몸은 그걸 잊지 않는다
슬퍼할 겨를 없다
가치를 모르는 나의 최후를 하루빨리 겪고 싶다
볕뉘에 물든 탁자에 손을 올려 두고 있으면
칼이 꽂히는 상상
점 하나의 죽음으로 남을 것 같다

° 이 시는 실제로 공백 포함 500자다.

2021 지하철 시민 창작 詩 공모전

— 승강장 안전문, 당신의 시를 담은 커다란 시집이 되다!

<작성 서식 확인 후 아래에 작품을 작성해 주세요.

제목, 성명, 본문이라는 글자는 설명을 위한 것으로 표기하지 않으셔도 됩니다>

보물찾기°

어머니를 찾고 계시나요
고개 숙인 벼가 슬퍼 보이나요
그냥 밥을 해서 챙겨 드세요
어 그건 당신 엄마 아니에요
겨울에는 양털 장갑 말고
대신 고무장갑을 껴보세요
떡진 배수구를 박박 긁어서
음식물 쓰레기라도 버려 보세요
2년이나 게시하는데 고료 하나 없고
심사한다는데 위원 명단이 없고
교정을 한다는데 전문가는 누구예요

어 그건 엄마 아니에요

싱크대엔 원래 엄마 이름이 없었어요

누가 토종인지 맞히면 선물을 드려요

° 이 시는 결국 선정되지 못했다.

날씨 좋을 때 꺼내 보는 메모

날씨가 좋을 때면 내게 연락하는 친구가 있었다

도란도란 마주하던 머그잔
길가에 드러누운 고양이의 표정
영화 포스터를 든 채 은행나무 아래에 서 있던 친구

그는 내게 재밌는 얘길 찾고 나는 매번 재미없는 얘기로 운을 띄웠다

우리는 당황하지 않을 말들을 골라 크리스마스트리에 듬성듬성 매달기도 했다

네가 고양이라면 나는 작은 상자가 되어도 좋겠어
친구는 그건 너무 먼 미래라고 답했다

눈 깜짝할 새 자라나는 애플민트를 보며
나는 웃자라다 엉킨 줄기를 잘라 냈다
미래에 영영 닿을 수 없게끔

다음에 올 좋은 날씨를 기약하며 친구가 말했다
우리 영원히 다른 길을 걷자 이건 응원이야°

성산동의 보랏빛 노을이 아름다워서
담아 두려 했지만 카메라는 붉게만 보정했다
나는 짐들을 내려놓고
노을에 잠기는 친구만 바라보았다

끝없이 평화로운 한낮의 세계
오래 헤아리며 걷던 친구의 뒷모습
화창함으로 무뎌지는 우울
그런 손차양 같은 메모들

나는 늘 가까이서 멀리 보고 있었다

° 추지원. 그래픽 디자이너이자 사진작가다.

스테인리스 비누

스테인리스 비누를 쥐고 물과 함께 씻으면
손의 악취가 사라집니다

그것이 정말 냄새를 없애 주는지 알 수 없지만
보고만 있어도 멀끔해진 기분이다

스테인리스 비누는 아무리 써도 닳지 않았다
색과 모양을 유지하고도 새롭게 씻어 낸다니
나는 마치 세례처럼 느껴진다

세례를 받은 자와 받지 않은 자로 나누는
암묵적인 경계의 시선처럼

왠지 악당이 된 것 같은 기분
한 번도 세례받지 않은 것처럼 비누를 잡았다

더러운 기분을 느끼는 사람들이 쓴다
무색무취의 일상적인 믿음

스테인리스 비누로 손 씻는다고 손맛이 좋아지진 않는다

스테인리스 비누는 비로소 물로써 거듭난다
사람보다 쓸모 있어 보인다

윤기 나는 불쾌함
오묘한 광택의 장식품인데

나는 손만 씻고도 죄가 씻겨 내려갔다고 생각한다
기분만 그렇다 기분만

정결

동지들이 식탁을 옮겨 가며 떠든다. 랍비의 수다와 농담. 빵과 포도주를 나누고. 새로운 구석에 이끼가 뿌리내린다. 아무 말 하지 않아도 괜찮은 사람까지.

내가 겪은 악한 일에 대해 악몽을 꾸면 랍비가 내 머리를 쓰다듬곤 했다.

우리는 애도보다 생활에 익숙해져야 했다. 수많은 사람이 나를 통과한다. 희망 없이 이어 가는 일에 대해. 나는 손을 내밀며 내 말이 들리지 않을 만큼만 돕는다.

불안이 사그라들려고 하면 더 불안해졌다.

슬픈 줄도 모르는 사람들이 숨이 차오르도록 물살로 내딛는다.

물에 잠기는 사람들의 도시에는 도살장이 널려 있다. 무색무취의 일상으로.

이제는 그가 내 말에 봉사하길 원했다. 더는 망자에게 빚

지며 살고 싶지 않아서. 동산의 흙을 움켜쥔 채 랍비에게 진짜 마음을 보여 달라고 말했다.

부스스한 입맞춤.
그의 머리 위로 올리브잎이 날아와 내 손바닥에 앉았다.
언젠가 다시 만날 거라는 먼 약속처럼 느껴졌다.

동굴의 핏자국. 우물가와 빨래터의 여인들. 흩어지지 않는. 아마포가 얼굴에 덮이는 꿈. 호숫가에서 걸어 나오는 사람. 무화과 열매. 겨자씨. 깨끗한 손 없어도. 누구나 들을 수 있던 이야기.
모든 것이 차분한 장면이었다.

랍비는 매일 강가에 돌을 던지며 내게 말했었다.
죽지 마세요. 오해받으며 동떨어져도.

꿈을 꿀 때마다 갈대밭에 서 있는 가족들을 만난다.
그들은 내게 아무것도 재촉하지 않는다.

나는 도시를 떠나 마주 앉았던 이들의 옷자락을 모으기 시작했다.

벽 바깥에 일출보다 앞선 검은 실루엣의 목격담이 생겼다.

2부

이상한 다큐멘터리들을 너무 오랫동안 보았다

타로 카드

사막이 되어 뼈만 남은 차들의 공동묘지 아래
생존자였던 남자는 파묻힌 책 한 권을 발견했다
일용할 양식처럼 계시를 곱씹는다

책에 적힌 모든 은유를 이해하니
사랑이라는 쓸모없는 감정이었다

남자는 전쟁의 생존자들이 있는 여관을 찾았다
여관 주인은 자신에게 타로점을 봐야 물을 주겠다는 조건을 걸었다
앉아 있던 사람들은 모두 떨리는 손으로 기도하고 있었다

12번 매달린 사람° 카드가 나왔다
버섯구름을 뚫고 나온 빛이 모든 걸 태웠지
지도자는 우리에게 타로점을 배워야 한다고 했어
우리가 할 수 있는 건 그것뿐이었다

우물가를 차지한 지도자는 계시를 알아본다

그러므로 형제자매여 말씀을 잊기 전에 서쪽으로 향하라
애정을 입 밖으로 꺼내지 말 것 손을 떠는 이들을 조심할 것
사랑을 알지 못한 사람들은 모든 생명을 먹어 치운다
남자는 지난 계시가 불현듯 떠오른다

숨어든 까마귀가 주인의 머리 위로 날아든다

피 냄새

천장에는 십자가에 매달린 사람이 있었다

예수의 한결같은 머리를 보면 가발이 아닐까
늘 잡아당겨 보고 싶었어 주인이 미소 짓는다

사람들의 통성기도가 하품으로 멈춘다
손은 떠는데 아무도 흐느끼지 않았다

남자는 왠지 그것도 사랑이라고 생각했다

° 행맨(the hanged man) 카드: 고통의 막바지라는 뜻.

팝콘 좀비

50층 빌딩 카페 창가에 앉아서
오랜만에 만난 친구와 삶을 나눈다

뭘 위해 이러고 살까
너는 오래전부터 그런 말을 했지
나는 살아남아서 사는 걸까?

……!

천둥소리가 들렸다
이어서
몇 킬로미터 너머에 불벼락이 떨어진다

도심의 무수한 선의 영역이
무너져 내린다

우리는 아무 말도 할 수 없었다

사거리에 사이렌이 울려 퍼지는데
소방차는 보이지 않았다

매연이 솟구치는 불구덩이 속에서
빠져나오는 사람들

잿더미가 그들의 몸을 감싸고 있다
마치 신인류가 된 것 같았다

빌딩 안 사람들이 휴대폰을 들고 사고 현장을 촬영한다
백화점 마네킹 옷을 그대로 빼입은 사람이 말한다
팝콘이 된 좀비 같다
저래도 다음 날 출근하겠지

차 막히겠네 이럴 줄 알았으면
에무시네마로 첨밀밀이나 보러 갈걸

친구에겐 슬픔과 상실 따위 보이지 않아서

맨날 천장이 무너지는 기숙사에도
나는 괜찮을 거라 믿었던 게 떠올랐다

집이 없는 사람들은 어디서 잠들까
생각 자체로 마음이 곪는 풍경이다

캐러멜 팝콘 냄새가 건물에 가득 찬다

사람멀미가 나기 시작했다

남긴 우유들만 가는 천국

남긴 우유들만 가는 천국이 있다

가방 속에서 터져 버린 우유
부풀어 오를 때까지 바라보던 선생님

달콤한 기대 수명을 되새김질하면서
아무렇지 않게 울타리에 걸쳐 놓은 구원

우리는 계속 누군가에게 등급을 매긴다

도축된 사람들이 증언한다
얼룩진 사진은 천국으로부터 반송되고 있었어요

적절한 멸균 가공을 거쳐 팔려 나가는 것들

높게 치솟은 공장들이 입양을 반복한다
신선도를 위한 유아 세례
하얗게 흐를 때마다 사람들은 방언이 터져 나왔다

침방울이 이끼처럼 들러붙었다
이끼를 짜서 입을 적신다

사람은 마시던 것만 마시는 버릇이 있다

자, 여기서 사진을 찍겠습니다 여러분
서로의 것을 나눠 먹고 배탈 난 포즈를 취하는 겁니다

시도 때도 없이 아이들과 악수하려는 천사들

남겨진 우유가 밑바닥에 고인다
새싹처럼 우유는 자랄 수 없다

튤립 축제

축제가 열리는 공원이었다. 발아래 일렬로 배치된 튤립들. 온통 복제된 밭이었다. 가장자리에 있는 꽃들은 이미 어떤 사람의 발에 밟혀 축 늘어져 있었다. 죽은 걸까. 나고 자란 것이 아닌 심고 세운 것들. 나는 그것을 예쁘다고 말하고 있다. 옆에 주저앉아 사진을 찍어 본다. 꽃이 될 수 없는 나는 마지못해 웃어 버린다. 포즈로 덧칠하고 있다. 팔에 작은 풀 한 가닥이 돋아난다. 웃자란 줄기가 나를 휘감을 동안

나는 천천히 차를 마신다. 내가 한눈파는 사이 누군가 시든 튤립을 뽑아낸다. 커피와 파운드케이크가 놓인 테이블과 나 사이였다. 팔에 돋아난 싹은 망설이지 않고 겹잎으로 자라기 시작한다. 덩굴은 반쯤 무너진 기둥을 감싼 채 정원을 다시 건축하고 있다. 풀이 머리끝까지 나를 삼키면 다시 누군가가 이 자리에 앉을 것이다. 햇빛이 관통한 탑에 금이 가기 시작한다. 패인 홈마다 풀들이 깃든다. 열매가 탑의 심장을 도려낸다. 관광객이 도끼를 들어 덩굴을 끊어 낸다. 몇몇은 남은 튤립을 구하겠다고 한다. 돌이킬 수 없다. 사람들이 재배치되고 있다.

튤립이 다시 화사하게 자라난다. 사라진 사람들을 죽었다고 말할 순 없다. 나는 공원에 있는 식당에서 죽은 생명으로 만든 저녁을 먹는다. 또 다른 튤립의 죽음도 손쉽게 애도한다. 위선은 뿌리내린 적이 없다. 공원에 널린 구근들이 비대해진다. 풍경은 그렇게 완성된다. 사람들은 튤립을 보기 위해 계속 축제를 찾고 있다. 누군가 사진을 찍고 있다. 일행이 짓눌린 튤립 위에 앉아서 말한다. 못 보던 튤립인데? 올해도 새 품종이 개량됐나 보다.

폐건물 서커스

사람들이 미래의 자신을 생각하고 있다
내가 아닌 내가
나를 읽고 있다고 여기며
흔들려도 무너지지 않는 발목을 가다듬는다

일상을 교정하는 연습
첫째, 큰 숨을 들이마신다
울창한 숲을 영위한 채
내 힘으로 서 있다는 감각
둘째, 수많은 내가 손을 맞잡는다
셋째, 바람이 불고
서로 다른 모양의 잎과 잎이
같은 말을 내뱉는다

퍼즐 조각으로 이뤄진 숲은
균열이 생겨도 무너지지 않는다
새싹 같은 다정함이 돋아났으니까

줄을 자르려는 사람들을
덩굴은 발판으로 삼는다

외줄을 타면서도 관객들에게
준비됐냐고 소리치는 사람이 있다
미래가 여기 있다고 나는 화답한다

폐건물이 숨죽일 때
폐부를 찌르고
나는 앞으로 달려 나간다

창문은 다른 곳을 바라보는 나를 비춘다

수많은 나
왜곡되지 않는다

화목원

화장을 고치다가 립밤을 떨어뜨렸다
버스가 흔들린다 립밤이 어디론가 굴러갔다
춘천 가는 버스는 세 시간 뒤에나 멈춘다
맨입술은 왠지 어색해

버스 TV에선 겨울에 전기장판만 켠 채
목 끝까지 이불을 덮고 죽은 사람의 뉴스가 나왔다
남성은 한동안 끼니를 거른 상태였고 화장대엔
매니큐어와 아이섀도 몇 개가 놓여 있었습니다

버스에서 내리자 다들 기지개를 켠다
봄볕에 타는 피부
목과 턱이 따끔거린다 화장품을 잘못 산 것 같다

우리는 화목원에 왔다
온실의 온기가 팔에 돋아난 솜털을 헤아린다
향수의 아지랑이까지

목련을 거쳐 수국과 맨드라미
원형으로 꾸며진 화단 건너편에서
서로에게 누가 꽃이네 하는 말들이 오간다

꽃보다 초록을 가진 식물이 좋았다
작은 선인장이 귀여워 뜨개질하고 싶었다

모든 식물이 뜨개질 중인 거대한 세계관을 상상했다
사실 바깥은 아직 뜨개질이 미치지 못한 실타래인 것이다

사람들이 플라잉드래곤 탱자나무의 이름을 보고 웅성거린다
플라잉드래곤은 이름에 비해 생김새는 평범했다 그것이 좋았다

사람들의 팔에 줄기가 엮이고 있다

얼굴에 하얗게 뜨는 싹
버스에서 모두 퍼프를 꺼내 든다 왠지 반갑다

딱지 펭귄

엄지에 길고 가느다란 상처를 본다
언제 어디서 베인 건지도 모른 채
새파란 혈관을 타고 가다 굳은 딱지들

나는 흉터 위로 문신을 새겨 보는 상상을 한다

딱지에 펭귄들의 머리가 보인다
협곡에 나란히 선 딱지 펭귄 무리가

펭귄들은 동쪽으로 가야 한다는 예언을
의식하지도 외면하지도 않은 채 별자리를 따라서 이동한다

엄지를 굽힌다

너는 굽어져도 시내산에 머물러야 한다고
선지자는 신의 마음에 빗대어 펭귄에게 말한다

펭귄은 머무르지 않아 인간처럼

상처는 다시 돌아갈 생각이 없는데
늙은 사람은 지도를 흔들며 자리를 지키라고 한다
굳은살은 여전히 할머니 펭귄만이 잘라 내고 있었다
큰이모가 그 일을 이어받고 작은이모와 엄마도

몸은 상처들의 아카이브라고 강조하는
이상한 다큐멘터리들을
나는 너무 오랫동안 감상해 왔다

엄지가 무너진다
선지자는 사방이 이방 민족 땅이니 가서 정복하라고 한다
한국의 농담은 그보다 비좁고

녹아내리는 빙하도 극복할 수 있다고
냉장고 얼음은 유통기한이 없다고 웃는다

끊임없이 포옹해야 한다는 펭귄들의 약속 너머로
창밖의 호기심이 해맑다

펭귄은 상처를 구경하는 동물원에서 더는 머무르지 않는다

엄지 반대편에서 벌어지는 일
펭귄들이 새파란 손등을 넘어서고 있다

엄지부터 시작되는 별자리 문신

영영 떼어 내지 않아도 좋을 만큼

디지털 방충망 세계

창문을 열어 두고도 선풍기를 튼다
선풍기를 틀어 놓으면 모기가 가신답니다

칸마다 모기의 주둥아리가 꽂히지 않았나요?
아뇨 저는 한 번도 방충망에 모기가 붙은 걸 본 적이 없습니다
이미 방 안에 들어와 있을 테니까요
방충망 너머로 보이는 풍경은 8비트의 디지털 세계 같다

2진수로 이루어진 표정의 배열
지하철이 한 바퀴 도는 동안 임신한 남성이 나란히
걸어서 지구 한 바퀴를 돈 사람을 물려고 한다

배불리 앉아 있는 사람이 말한다
땀 냄새가 나면요 데오도란트를 발라 보세요
효과가 좋아요 땀이 향기롭거든요
실험실의 토끼는 향기롭다고 합니까?

주둥아리는 사실 6갈래였다고 자백했지만 방충망의 틈은 그보다 많아요
저는 모기가 자기 몸에 새겨진 흰 줄무늬를 억울해하는 걸 본 적이 없습니다

모든 모기가 그런 건 아니에요 만약에 제가 오늘 방충망에 안 닿았어요
근데 내일 파리채에 잡혀 죽어요 그러면 저의 오늘은 누가 보상해 주죠?

선풍기 바람에도 어쩔 줄 모르는
마치 주둥아리를 가진 적 없는 것처럼

아니요 그런 명백한 착취엔 더는 '묻지마'를 붙이지 않습니다

디지털의 사유화
방충망의 주둥아리들

모기인 줄 알았는데

모기 다리에서도 피를 빼는 사람들이었다

발레는 불타지 않는다

앳된 발레리나의 공연이 시작되었다. 발레리나의 표정은 음악에 취해 있다. 꽃이 수놓인 발레복에 꽃이 흩날린다. 무대 뒤편엔 다른 발레리나들이 대기하고 있다. 발레리나 앞에 검은 정장의 사내가 주머니에 손을 꽂고 서 있다. 사내의 얼굴이 그림자로 가려져 있다. 그는 공연하는 발레리나를 지켜본다. 발레리나는 가느다란 팔과 다리로 포즈를 취하고 있다. 무대 뒤편은 붉은 무늬의 화려한 커튼이 있다. 커튼에 가려진 발레리나들의 다리만 보인다. 그들은 각자 동작을 유지하고 있다. 붉게 물든 커튼이 연기를 내뿜기 시작했다. 불씨가 붙는다. 불길이 치솟는다. 누구도 동요하지 않았다. 발레복이 불꽃으로 물들고 있다. 불길이 금방이라도 공연장을 덮칠 기세다. 무대 뒤의 발레리나들은 얼굴이 가려진 채 자신을 불태우고 있다. 남자의 뒤에서. 불꽃의 뒤에서. 순서를 기다리며. 물든다. 불길이 사내의 얼굴을 가리고 있다. 사내는 불타는 무대 뒤에 가려진 채 응시를 멈추지 않는다. 그가 박자에 맞춰 주먹을 쥐자 발레리나는 엇박자로 힘차게 팔을 뻗는다. 발레복에서 떨어지는 조각이 또 다른 불꽃을 만들어 낸다. 불타오른다. 발레리나가 포즈를 취할수록 명치에서 불꽃이 흘러나온다. 검은 사내는 무대가 불타고 있는 중에도 꼿꼿이 서 있다. 그는 발레리나가 쏟아 내는 불꽃을 본다. 그는 심취해 있다. 발레가 아닌 발레리나에. 발레리나는 피를 흘리며 우아한 포즈를 취하고 있다. 무대 뒤편의 발레리나들도 불타오르고 있다. 그들은 불타고 있는 중에도 불편한 자세를 유지하고 있다. 연기가 퍼져 나가고 음악은 멈추지 않는다. 사내는 불타는 발레리나들을 신경 쓰지 않는다. 음악과 불꽃은 꺼지지 않는다. 무대를 태운 불꽃이 사내의 머리를 덮치고 있다. 불꽃이 파도친다. 발레리나가 불길을 넘나든다. 선명한 몸짓이 불꽃을 넘어서고 있다. 불타는 소리는 박수갈채와 구분할 수 없었다.

테라포밍

굴곡을 가리지 않고 풀을 깎아 대는 사람
서서히 입꼬리에 땀이 고인다

풀들이 도로에 닿자마자 넘어진다
일어서지 못한다

발목이 잘려서도 향기를 남긴다며
산책하던 사람은 풀 냄새가 좋다고 말한다

잡초는 얼룩진 현장에 모자이크 처리를 해주고
목격했던 세쌍둥이 나무는 더욱 무성해지기로 한다

밤마다 벌레의 오르골이 울려 퍼졌다
그걸 듣던 아이가 언제부턴가 자장가를 재촉하기 시작했다

델피, 발찌, 백파이프, 대칭, 십자가의 요한, 성전…… 병사.°

이건 무슨 만화일까
제초업자는 멍하니 아이의 정수리만 바라보다 잠들었다

제초업자의 눈에 이슬이 맺힌다
속눈썹이 짙어진다
깨어나니 화장이 끝나 있었다

사람들이 길가에 새로운 모양의 픽셀을 심고 있다
반딧불이를 손끝에 붙인 채 염경을 왼다

녹음에 매달린 직립의 모빌들
누구도 위화감을 느끼지 않는다

돌아온 아이에게 못 보던 새치가 돋아 있었다

° 영화 <캡틴 아메리카: 시빌 워>(2016)의 대사를 변용.

행렬을 앞지르는 키링

햇빛이 책상에 선을 긋던 시간이었다

나는 교실에서 신명기라는 시의 감상을 발표하는 중이었다 율법과 계명의 반복이 무슨 의미가 있어? 동기는 질문을 멈추지 않았다 그의 비아냥은 계속됐다 성격파탄자세요? 내가 묻자 입을 다물었다

이내 교실이 텅 비었다

나는 뫼비우스의 고리에 갇힌 것처럼 교실을 맴돌았다

망설이는 순간 내 노트가 소금 기둥으로 변할 거라는 계시를 받았다

점심시간은 복도가 사선으로 뻗었다

동기는 잠든 나를 계속 깨우고 도망쳤다

종례 시간만을 기다렸다

매점으로 향하는 낡은 벽에 욕설과 함께 내 이름이 적혀 있었다

나는 돌멩이를 들었지만 누구도 내려치지 않았다

다만 나를 적은 사람들의 이름을 똑같이 적어 두었다
전자레인지의 다음 칸은 스테반이 안치될 차례였다

식사를 기다리는 행렬이 무지개처럼 늘어져 있다
학교는 이제 재떨이로 변할 거라고 누군가 내 귓가에 속삭였다

가방을 앞으로 메도 뒤에서 지퍼가 열리는 나날이었다
수많은 나의 행렬이 나를 둘러싼 채 쳐다본다
엎드린 채로 조각나는 와플 키링을 지켰다

왜 점심시간만 되면 사라져? 동기가 물었다
나는 대답 대신 주머니를 뒤적거렸다 구겨진 내가 나왔다

식당은 보이지 않았고 나는 단지 밥을 먹고 싶었다
식판 앞에선 누구 입에도 오르내리지 않을 것이다

눈을 떴다

이제 율법을 외우지 않아도 되는데
어제 점심 메뉴처럼 자꾸 떠오른다

나는 여전히 나의 행렬을 새치기한다

안드로이드 이카루스

프로그래머는 이카루스에게 완벽한 궁극의 쿠키를 건네주며
자유의지와 선택은 모두 환상이라고 답했다
이곳은 프로그램으로 만든 가상현실 생태계다

어린 이카루스들이 날기 위해 나무에서 떨어진다
예상치 못한 일들, 발버둥, 민들레씨, 도토리, 통나무에 부딪히고, 뒤집힌다
용기를 내는 것부터 안드로이드의 삶은 시작된다

영원히 이어질 것 같은 낭떠러지로부터의 독립

예언자는 이카루스의 꿈속에 들어가
바다가 보고 싶다는 생각을 주입한다
숲속에서 바다를 그리는 건 까마득한데
왠지 맹수로부터 숨기지 않아도 괜찮은 마음 같다

이카루스는 물안개를 헤치며 습지로 나아가다

물속으로 고꾸라진다
새들이 도망치는 순간과
물의 동심원이 퍼지는 교차는
흔하게 쓰이는 편집 방식이었고
다큐멘터리를 보던 사람들은 결국 이카루스가 죽었다고 생각한다

바람에 흔들리는 나뭇잎 소리
한결같이 잠잠한 정글

닻을 내릴 수 없는 물빛을
부엉이가 가만히 내려다본다

호수에서 물방울이 일다 터진다
곤충들은 은밀하게 허물을 벗는다

이카루스만의 일로 압축시키는
교활한 물속의 네트워크

안드로이드들이 다시 날기 위해 떨어지는 곳에서
균열이 일어나고 있다

플라타너스 잎으로 만든 튀김

덩굴은 아빠의 몸을 서서히 휘감기 시작했다
마침내 화분과 한 몸이 된 것이다

아빠는 내 애플민트를 죽였다
그는 벌거벗은 순간만큼은 죄가 없다고 여긴다

집에서 키우면 안 되는 걸 키운 거 아니야?
나무 덩굴을 천장에 못 박는 아빠에게 물은 적 있다

이미 많은 걸 죽였는데 식물쯤이야
옮겨심기만 하면 무엇이든 괜찮을 거라고

비가 오는 다음 날이면 잔가지가 달라붙었다
나는 너의 말에 봉사하며 살진 않을 거야
플라타너스가 마른 비명을 질러도
들리지 않는다

여백 없는 땡볕에 몸이 점점 야위어졌다

주변의 식물들은 눈 깜짝할 새 자랐다

웃음에 스며드는 곰팡이
웃자라는 그림자들
내게 공급된 모든 성분이
피로 만들어졌다고 깨닫게 되는 유리창 앞에서
아빠는 나를 자랑스러워했다
혼자 화분을 다룰 만큼 자란 것 같아서

나는 아빠를 화분에 파묻은 채 일주일마다 물을 준다
밥은? 잠은? 아픈 데는? 엄마 말 잘 듣고

눈 깜빡하면 그가 살아날 것만 같다
학교 가서 자랑해야지

창백한 푸른 점

경도는 유튜브로 창백한 푸른 점이란 영상을 본다. 우리가 사는 지구는 우리를 둘러싼 거대한 우주의 암흑 속에 있는 외로운 하나의 점입니다. 영상의 내레이터는 칼 세이건. 창백한 푸른 점은 지구. 세이건은 지구가 외롭다고 하는데, 그의 말을 듣기 전부터 경도는 외로웠다. 우리를 구원해 줄 도움이 외부에서 올 수 없다는 사실. 세이건이 외롭다고 하니, 갑자기 더 외로워진다. 내가 우주에서 비행을 마칠 때 아무도 마중 나오지 않으면 어쩌지? 경도는 평소처럼 자신의 망상을 SNS에 적는다. 오늘은 굶지 말고 밥 챙겨 먹어. 문밖에서 경선의 목소리가 들렸다.

경선에게 푸른 점은 낯설지 않다. 그에게는 곰팡이거나 때로는 얼룩이다. 안개가 자욱한 낡은 아파트 단지에서. 계단이 어쩜 매번 더러워. 위에서부터 아래로 내려가며 닦아야지. 문틈으로 보던 5층 주민이 허공에 대고 말한다. 다 닦고 이제 올라왔는데요. 경선이 아무리 닦아도 가래처럼 고이는 계단 신주의 때와 빗물. 고생하시네요. 3층 청년이 경선에게 말을 건다. 오늘이 밸런타인데이래요. 그의 손에 쥐어지는 페레로 로쉐. 경선은 주머니에 찔러 넣은 초콜릿을 만지며 골동품이 가득한 휴게실로 내려간다. 열매와 꽃들이 엮인 물푸레나무 장식 거울을 보며 시린 이를 확인한다. 경선은 희끄무레하게 웃는 모양이 낯설지 않다.

세이건의 내레이션과 함께 영상이 끝났다. 경도는 푸른 점의 실루엣을 뒤로한 채 방에서 나온다. 그는 경선이 새벽에 담가 둔 밥그릇을 씻는다. 따뜻한 물. 손등에 흐르는 물. 경도는 경선에게 차려 줄 다음 끼니를 생각해 본다. 재료를 사려면 장을 봐야겠다. 나가는 김에 산책도 할 수 있어. 하늘을 보는 일도. 물에 불린 그릇의 밥알들이 결을 따라 블랙홀로 빨려 들어간다. 아니, 이건 봉투에 담을 음식물 쓰레기야. 경도는 어느새 바깥공기를 마시고 있었다. 왠지 그의 뒤통수로 푸른 돌이 날아오지 않았다.

3부

물방울처럼 맑게 터진다면 좋겠다

태움

사랑하지 않는 사람들의 이름을 적고
불태웠다
이제 사랑하지 않는 것 같다

더는 어떤 것도 하지 않겠다고 말해 버리기엔
태워야 할 성냥이 너무 많이 남았고

자기혐오자

나는 팔다리를 쭉 뻗고 있다가 문득
내가 시인 같다는 생각이 들었다

어릴 때는 종종 엄마를 잃어버렸어
기대를 저버리는 것이 나의 취미

내 뒤통수에 과녁이 자라난 것 같아
나를 괴롭히던 애들
엄마
떨어져 나간 사람들
아무도 없고

사람들은 악몽을 믿어?
나는 꿈이 기억나지 않아
창밖에서 들리는
헤어지는 친구들의 인사

운동장 한가운데 포클레인이

나 대신 봉사하고 있다
도살장처럼

사람이 몸을 던지는
옥상에서 나는 거듭 숨을 쉬고 내려왔다

식물이 죽으면 초록별로 떠난 거야
영원히 떠날 수 없는
솜이 터진 곰돌이가 안고 있던
식물도감에도 없는 들꽃들

너의 편지는 동물의 숲 친구들처럼 나긋해
내 뼈는 유리처럼 약하지 않다고 했지°
너를 떠난 너의 다정함이 내 일부가 되었어

나로부터 겹겹이 분리된 사람들을 크로키한다
어둠에 적응한 눈
살갗을 찌르는 속옷 라벨

도시락 통에서 샌 김치 국물
우는 사람과 함께 우는 사람들

옷을 터니 욕조에 모래가 가득하다
내가 사막을 데려온 것 같아

귓가에 맴도는 옅은 환청
나는 내가 좋다

° 장 피에르 주네, <아멜리에>, 2001.

아트시네마

옆으로 누울 때 눈물을 흘리지 않았다
각궁처럼 굽었다가 펴질 관성의 기분
천장의 과녁을 바라보며 숨을 가다듬었다

꿈의 화살은 어디든 닿을 것이다

너를 생각하는 상자에 나를 오랫동안 내버려 뒀다
사두고 맘에 들지 않는 옷처럼
등 뒤에 두면 별로 생각나지 않았다

건너편을 상상하지 못하는
터널의 불빛은 주마등 같다

들리는 음악들이 우산살 사이로 흘러내린다
내 인생에 중요한 무언가가 빠진 것 같아

푸른 핏물을 내뿜던 여름
문신처럼 남은

로로스 프렌지 얄개들의 노래
소음 속에서 부유하던 여름
너와 처음 갔던 시립 미술관
바심 막디의 구겨진 것과
돌아오지 않은 천경자를 떠올린다

근데 우리가 언제 연락이나 했었나요

이 편지 보시고 내 꿈에 방문해 주세요
정말 꼭 나와 주세요
그렇게까지 생각한 적은 없다

누군가가 널 떠난다고 해서 널 좋아하지 않는 건 아니야°

친구들이 각자의 길로 떠나는 영화를 보며
광화문역에서 너를 생각하다 꿈 밖으로 튕겨 나왔다

끈적한 먼지가 내려앉는다

점도가 달라진 사랑이 되감기 된다

° 정재은, <고양이를 부탁해>, 2001.

몸으로 말해요

신앙 수련회 가는 날이었다
출발 전 버스에서 인원 체크를 하고
곧바로 하는 기도는 왠지 불길하다

날이 덥길래 반소매 티를 입을까 생각했다
그는 왜 죄인이어야 해요?
왜 돌아오라고 말해요?
이런 사소한 생각들은 사람들의 고개를 숙이게 하고
그들은 자연스레 긴소매를 입었다
살이 탈까 봐

쉬는 시간에 학생들이 삼삼오오 둘러앉아 외쳤다
아 씨 너무 더워 주님 너무 더워요
예수 뭐 해 예수 어딨어

수련원의 녹음이 짙어졌다

같은 방을 배정받은 동기는

반소매를 입고 부끄럼이 많던 사람이었다

그는 그늘 주변만 맴돌다가
나무를 올려다보며 쓸모를 생각했다

학생들은 학교의 역사에 관한 강의를 듣는다
이곳에 학교를 세우고 민족의 혼을 끌어모았다는

이미 다 자란 나무 같아서
나는 막연하게 대단하다 생각했다

여러분은 대단한 사람이에요
여러분의 잠재력은 상상할 수조차 없습니다
내 후배들은 권력에 저항해 반대 투쟁 위원장으로 나서고

학생들은 고개가 꺾인 채 졸고 있었다
성공한 사람들의 이야기였다

여러분들의 눈이 감기는 걸 보니
교기 찢고 삭발 투쟁이라도 해야겠네
늙은 목사가 소매를 걷어붙이고 바리캉을 꺼내 든다

제가 키가 커요
목사가 일어서 팔을 뻗으니 그늘이 졌다

아무도 웃지 않았다

반소매 학생이 잠든 사람들에게 사탕을 건네주고 있었다

메모리얼 스톤

눈을 뜨니 공원이었다
짝지어 잔디에 앉은 까치들
사슴벌레가 나무 밑을 내려가고
산책하는 강아지와 사람들까지 보니 깨달았다
나는 돌멩이가 됐다

부모님은 어디 계실까
돌멩이가 나인 줄도 모르고 버린 것 같다
수석을 수집하던 아빠에게도
모양이 예쁘지 않았던 거지

사랑받지 못한다는 허영
나를 버리면 행복해질 거라고 말하니
무엇이든 한 번에 알아듣지 못하던 엄마도
화를 낸 적 있다

강아지 유골로 만든 건가?
산책하던 사람이 나를 물끄러미 보며 말했다

사촌의 강아지가 피부암에 걸려 죽은 게 떠올랐다
얼굴의 절반이 종양으로 뒤덮여 있어도
사랑스럽게 찍힌 사진이었다
사촌은 강아지를 너무 사랑해서 유골을 돌로 만들었다

강아지는 죽어서도 기억되어야만 하는지 문득 생각했다
죽은 존재가 계속 기억된다면
여전히 곁에 함께 있는 거라는 말도 있다

비록 고급스러운 스웨이드 보석함에 담겨 있진 않았지만
누군가에게 돌멩이처럼 보이는 일은 어렵지 않았다

방 안에서 꼼짝도 안 하다가
바깥에서 내 얘기만 들리면
거실로 굴러 나와 물을 마셨다
음습한 핀잔이 이끼처럼 자라났다

내가 움직일 수 있을까?

오랫동안 생각하다가
위대한 발견 속에서도 나는 돌멩이다
인간은 작고 멍청한데 돌멩이는 작아도 멍청하지 않으니까

여기선 움직이면 안 돼?

규칙 따윈 없다

빗물이든 산사태든 때를 만나 굴러가 버려야지
내가 굴러간 다음의 이야기는 다른 돌멩이가 알려 줄 것이다

물총놀이

오늘 체육 수업은 물총놀이였다
모두가 나를 둘러싼 채 물총을 퍼부었다

한 명이 세 명이 되고 세 명은 이내 열 명이 되었다
해맑은 질서는 좀처럼 마르지 않았다

속옷까지 물기가 파고들었다
내가 푹 젖고 나서야 아이들이 돌아갔다

발밑의 물줄기는 뱀이 되어
운동장의 하수구로 흘러갔다

생일이 다가올 때마다
물총이 자라나서
불안의 손톱을 뜯어 먹었다

바람이 옅게 부는
맑은 날에도

살갗에 물이 고였다

적절한 통풍이 필요해
선생님이 해준 말은 아니고
스스로 진단한 결정이다

물컵에 비친 흐릿한 얼굴들

나는 발밑이 없는 사람처럼 굴었지만
그림자가 매달렸다

분수대의 동상이 고개를 든다

언제부턴가 허물이 벗겨지고 있다

맑게 터지기

꿈을 꿨다 몰래 꽃을 들고 가는 사람과
건너편에서 꽃병 들고 기다려 주는 사람이 나오는 장면이었다

두 사람이 선 정원은 넓고 아름다웠다
해충이 곳곳에 침습하고 불청객이 접시를 깨뜨리고
어제의 도굴꾼이 온 땅을 헤집어도
복구할 수 있다고 믿기 시작했다
서로가 서로의 종교가 되는 일처럼

그는 종종 해를 떨어뜨려 사랑으로 도시를 불태우고 싶다고 했다
눈이 없어 별을 모르는 벌레에게 나는 햇볕을 덮어 주고 싶은 마음이었다

거실에 있던 엄마가 잠꼬대처럼 말했다
오래된 연인은 몸이 아팠고 서울 남자는 유부남이라 하대
그래서 내가 떠났어

쓸모없는 감정을 내게 묻지 마라

너는 기한이 만료된 이야기를 찢는다
나는 하나씩 분리된 나를 크로키한다

바닥에 그림엽서가 떨어지기 시작했다
쓸어 담으면 다시 날아가는 나뭇잎처럼
흩어지고 떠내려간다

심장의 뒤편은 연약한 호기심만 남아
내가 최선을 다할 것은 푹신해지는 마음뿐이다

나는 비 냄새를 맡으며 높은 마음에서 추락한다

물방울처럼 맑게 터진다면 좋겠다

겨울 팔레트

나는 우산 속에서 별을 본 적이 있다

가로등 불빛 아래로
쏟아지는 비가 하늘을 덧칠했다

빗물은 웅덩이로 곤두박질치고 있었다

무해한 호기심
나는 눈물을 농도별로 나눠 팔레트에 모아 두려 했다

나도 누군가에겐 따뜻한 사람이고 싶었다

꿈속에서 누군가 내 발바닥에 낙서를 했다
나는 발이 젖을 때마다 걸음을 늦춰 들춰 보길 반복한다

흙으로 얼룩진 손을 비누로 닦아 낼 때마다
헝클어지는 애정

기다림도 없이 반짝이며
별이 될 것처럼 말라 가는 세계

마주치면 꼬리도 흔들지 않고
슬쩍 드러눕는 강아지를 쓰다듬고 있으면
더 나쁜 사람으로는 물들지 말자고 나는 생각했다

손바닥에 얕게 내려앉은 겨울
우리는 한동안 겨울에 맺혀 있었다

슬픈 장면에서 벗어나는 것을 슬퍼하는 사람들
나는 그것이 쉽게 슬프지 않고
나아가는 방법을 떠올린다

내가 출발했던 장소로 돌아가고 있다

동화 만드는 법

늘 혼자 있어서 꼭 놓지 않고 하는 팔베개
왼팔로 목을 감싸고 오른팔에 머리를 눕히고도
책을 넘길 수 있는 방법이 있어
모든 이야기에 뻔뻔하게도

자다가 천사에게 전화가 왔는데
왜 우냐고 물으니 이유가 없어
일 끝났으니 자기 울 거래
그래서 울라고 했다
내가 내어 준 베개는 아니었지만

돌아보지 않는 그림자 덩어리를 떼어 글로 만지작거렸다
잿더미에 파묻힌 천사의 하소연을 축 처진 몸으로 프린팅해
잠들기 전까지 계속 모아 두겠지
어차피 잃어버릴 테니까

꿈속에 빠져 있는 동안은 글감 요정이 머리맡에서 사랑

을 훔쳐 간다
대신 팔베개를 해주겠지
깨고 나면 다시 텅 빈 머리로
바오바브나무 옆에 서 있던 두 사람을 떠올린다

안기고 싶다면 다시 사랑으로 지워
두 번째는 입술로 쓰게 놔두고
지우개는 아직 많이 닳지 않았어

그걸 베고 잠들지 않아도 돼
눈을 감고만 있어도 입을 반쯤 열고 있어도
꿈을 꾸는 줄 알 테니까

누군가 다시 이불을 덮어 줄 때
아무렇지 않게 미소 지으면
동화가 마무리될 거야

오늘의 뉴스

어제 시로 인해 죽은 사람이 있었고 오늘도 시로 인해 죽은 사람이 있었다

어제의 시는 그의 해석을 빼앗았다
시의 비밀 유지 보안을 위해서였다
시를 다 까발린다면 시를 즐길 수 없다는 얘기였다

공장은 그에게 물도 주지 않고 일을 시켰다
목 넘김을 할 때마다 마른 가래가 식도를 찔렀다
시는 마스크를 포장하는 박스 테이프에도 적혀 있었다
반드시 필요할 때만 시를 해체하라는 말을 했다

누군가의 손가락이 잘릴 때마다
시는 그 공백마저 시처럼 남겨 두고 매뉴얼을 재정립한다

빠르고 더 빠른 시가 살아남았다
빠른 시를 좋아하는 사람이 많아진다

시집을 만들다 죽는 사람은 끊이지 않고

시는 계속 읽힌다 시는 여기서 멈출 생각을 않는다

시는 그래서 시고 납득할 수 있는 건 자신뿐이라는
테트리스
무엇을 채워 넣어도 모양이 된다

자른 손가락을 꼬깔콘처럼 흔든다
네가 오기 전부터 뉴스를 봤어 일단 의논을 좀 해볼게
시는 돌아서서 문을 닫았다

한 마디만큼의 여백이 물길로 불어난다
어느 시집에서도 찾아볼 수 없던 문장들이 떠내려가고
있다

누구도 연행되지 않는다
행연갈이만 바쁘다

입맞춤으로 밀봉한 편지

우리는 을지로의 어느 골목을 걷고 있었다
뒤에 있는 사람은 누구야
왠지 무섭다 전에 우리 뒤통수에 대고 욕지거릴 내뱉던 취객이 있었으니까
돌아보지 마 우리는 손을 잡고 빠르게 걷는다

거리의 취객이던 우리는
손을 잡을 듯 말 듯 팔짱을 끼려다 그림자에게 들킨다
나는 골목마다 가로등의 스포트라이트를 피해 도망쳤다

우린 망원동의 카페에 있었지
내게 다가온 사람들은 모두 나를 떠나갔다는 얘길 한다 이거 재미없지?
아니 왜 그런 말을 해 너는 지금 꼭 나쁜 말을 들으려고 하는 것 같아
그럼 지금부터 진지한 얘기를 해보자
재미없어 음악이나 듣자
너 귀엽다
맞아 나 가끔 그런 오해 받아

그는 좋은 사람이었다 철새처럼 떠날 테니까 좋았던 것일까

너에게 편지를 쓴다 만나지 못하는 대신 고이 접어 입맞춤으로 밀봉한다

아무도 알아듣지 못할 투정을 담았다

가까이 있으면 설레고 멀어지면 이명처럼 들리는 목소리들

말없이 밀려온 마음이 하루 종일 내렸다

나는 비가 온다고 너에게 소리치고 싶었다

라는 말을 편지지에 적고 찢는다

네가 떠나고 나는 골목에 아무도 남아 있지 않을 때 뒤돌아 소리쳤다

어디선가 나타난 두 사람이 빠른 걸음으로 나를 앞서 나간다

부재중

강제로 쫓겨난 유학생들과 연대하는 기도 집회에서
애인과의 약속을 미뤄 둔다면 아무 쓸모없다고 생각했다
원래 기도는 이기적이다

들고 있던 깃발이 바람에 흩날려 내 얼굴을 덮친다
피멍 같은 보라색 한 조각이

되새김질하던 신과 죄와 꿈을 멈춰야겠다
그러나 그건 나를 구성한 삼위일체

사람들의 한목소리가 스테인드글라스처럼 거룩하게 느껴진다
낮은 사람들의 외침은 너무 낮아서 들리지 않는 것 같다

손가락이 굳고 뺨을 에는 추위다
객지에선 실감할 수 없는 무미건조한 슬픔을 떠올리며

자연이 부여한 자연스러운 역할이란 무엇일까

그걸 사람이 말하다니 이상한 일이다

인권센터 건물 너머로 허공만 바라보다 확신한다
사과보다 먼 감으로 고요해진 마음

함께 모인 이들과 맛있는 저녁을 먹기로 한다

아무도 규탄하지 않았다

신청곡은 Shugo Tokumaru(トクマルシューゴ)-Hora

시 수업이 끝났다. 수업이 끝나고부터 새로운 시를 쓰지 못했다. 선생님은 10편 정도 써보라고 하셨지만 아무런 생각이 나지 않았다. 생각으로 시를 쓰진 않는다. 시는 그냥 쓴다. 대단한 시, 시도하는 시를 원하면 아무것도 쓸 수 없다. 선생님이 예전에 쓰셨던 말처럼 국가대표처럼 쓴다. 무슨 생각을 해, 그냥 하는 거지. 시 하기를 생각한다.

시가 될 수 없다는 말이 있다. 무엇이든 시처럼 생각하는 것도 힘들다. 선생님은 '이런 것도 시야?'라고 누가 묻는다면, '그럼 너도 써.'라고 말한다고 하셨다. 모두가 일기 같은 시라고 말할 때 선생님만이 내게 본인이 잘하는 줄도 모르고 잘 썼다고 하셨다. 나는 잘하고 있는 동안 책을 많이 샀다. 산 것만큼 읽지 못했다. 책을 펼치면 한 장을 넘기지 못한다. 생각은 자꾸 뻗어 나가는데 책이 나를 가두는 것만 같다. 내가 잡은 페이지에 땀자국만 남는다. 하지만 책을 덮으면 생각도 멈춘다. 삶은 유한하고 텍스트는 무한하다.

사람들이 바퀴벌레라는 말 대신 쿄라는 귀여운 이름을 붙였다. 시간이 흐르니 쿄를 꾜라고 부르기 시작한다. 쿄를

꼬라고 부르면서부터 새로운 텍스트가 탄생한다. 누군가는 그걸 말장난이라고 말한다. 하나의 영감이다. 영감은 할머니가 나무에서 똑 따서 떨어지는 감이 아니다. 영감은 텍스트로부터 탄생한다. 텍스트는 꽤 무시무시한 맛을 지녀 사람의 마음도 홀릴 수 있다.

감이 제법 달다. 날씨와 나무가 떫은맛을 달게 바꾸지는 않는다. 그냥 떫은 감 품종이 있고 단감 품종이 있을 뿐이다. 단감이라는 텍스트가 익을수록 영감이 된다. 떫은 감은 더는 떫은맛을 내지 않기 때문에 단맛을 낼 수 있다. 마법은 정교한 시전으로부터 시작하는 것이다. 할머니가 영감 보고 영감 대신 시작, 하고 말씀하신다. 할아버지가 돌아보며 떨어진 영감을 할머니에게 가져다준다. 텍스트로부터 자유로운 마법사는 없다.

달빛으로 자란 검은 나무

갈 곳 없는 낱말들이 몸을 맡기러 새벽에 걸터앉기 시작했다
달력에 매달린 사람이 오늘도 시간을 죽였다고 끄적인다

우울해서 하루를 굶어 보았어
우울해할 것도 아니었는데 말이야
정말 배부른 소리지?

내 말에 답하는 또 다른 나
그 위에 또 하나
그 밑에 또 하나
그늘진 곳이 아니라 볕이 드는 곳으로 나아가야 해
과거부터 원래 그랬으니까
라는 말은 변명이야
언제라도 무너질 수 있다며 나란히 서 있는 모아이

함께 산책 나가자며 덮쳐 오던 파도
바깥이 부끄러워 흙더미로 반신욕을 해왔다

여기서 나무 같은 건 이제 너밖에 없어
추도하듯 배설한 채 떠나는 철새들

이젠 어떤 답도 해주지 못하는 친구처럼 심해로 가라앉을까
나는 티를 못 내고 그림자로 발을 담가 본다
수평선부터 흘러드는 인어의 노랫말이
나를 발신자로 떠밀고 있다

11월의 붕 뜬 스프링 밑으로 검은 음표가 자라난다
곧게 뻗은 손가락
곧게 뻗어 숲으로 물든
풀잎으로 엮은 노트

난 거짓말쟁이를 볼 수 있어
내 글에 머무는 그림자의 비약이 그걸 말해 주지

들쑥날쑥한 게 꼭 외로워서 외로워서 그랬어

달은 어딘가에 반사되어 나를 하나의 음표로 그린다

4부

당신의 기분을 책임져 드립니다

산타가 울면서 말해서

꿈속으로 밀입국한 산타를 찾아냈다
자몽한 틈에 그가 숨겨 둔 동그란 우울
나는 울지 않았으니 선물을 교환해 달라고 했지만
산타가 울면서 말했다 이건
그냥 꿈이란다

우린 작별 인사보다 망각하기로 약속했다

멀어져야 할 것들과 멀어지는 순간
나는 길고양이에게 미지근한 물을 떠다 주었다
고양이는 우울의 실타래를 물고 오며
우리의 마음이 그리 다르지 않다고 말한다 그건
단지 신기루야

고양이의 눈을 닮은 알약을 가져다 삼킨다
어두울 때 가장 선명해지는 시간
나는 울지 않기 위해 잠든다

산타는 그 감감한 거리에서
사람과 사람 사이에 그림자를 던져두고 떠난다
모양이 퍽 우스워 자꾸 들여다보게 된다
첫사랑의 편지와 함께 버린 반지
친구가 떠난 빈 운동장과 트램펄린
만선에서 술 마시다 음악이 좋아
을지오비베어 투쟁에 서명하는 사람들

잔뜩 곤두선 내 그림자를 달래려고 했는데
서랍 속에 넣어 두었던 담요를 찾지 못했다

깨어나니 홈쇼핑에서 산타가 나와 얘기한다
즉시 교환 즉시 환불
당신의 기분을 책임져 드립니다

그에게 속았지만 자고 나면 괜찮아질 거야
도무지 운 적이 없던 나는 울고 싶어져서
웅크린 어둠을
한껏 뒤집어쓴다

찾아가는 라디오°

안녕하세요, 청취자 여러분. 오늘을 위해 특별히 준비한 이벤트가 있습니다. 청취자 분들 중 한 분께 직접 찾아가서 저의 미발매 데모곡을 불러 드릴 거예요. 그리고 이 상황을 쭉 라이브로 송출할 계획이에요. 어떠세요? 재밌을 것 같지 않나요? 자, 그럼 지금부터 신청하신 분들의 닉네임을 다 적어서 제비뽑기를 해보겠습니다.

결과가 나왔습니다! 이분께 주소를 받으러 메시지를 보냈고요. 지금부터 제가 직접 차를 끌고 만나 뵈러 가겠습니다.

오실 것으로 예상하는 곳에 서 있습니다
간다 간다
새벽에 나를 찾으러 와주시는 당신은 디제이
너무 떨려요 저 나갈까요?
당신이 탄 차인 줄 알고
남의 유리창에서 기웃기웃
온다 온다
편하게 편하게
날이 추운데 왜 나와 계셨어요

손가락은 괜찮지만 손아귀는 못 참겠더라고요

졸리진 않으셨어요?

살짝 졸렸어요 이마에 아이스 팩을 붙이고 열을 식혔어요

언제부터 들으셨어요?

작년 9월? 8월?부터 들었던 것 같아요 되게 색다른 경험이네요

자기소개 한 번 해주세요.

저는 팔베개를 하고 엎드린 채 작고 어두운 공간을 만들어요 그리고 혼자 여행해요 머리가 아플 때도 눈물이 나올 때도 있는데 빛이 머문 공간에는 우주가 있어요 더는 뒤통수로 돌멩이가 날아오지 않아요 그늘을 좋아해요 그림자는 키링처럼 흔들거리고 뒷모습은 짧게 커트했어요 얼굴은 늘 부끄러워요 표정 관리가 안 되거든요 남자가 그렇게 울면 못 써, 너무 자주 들어 왔던 말이에요 이제는 서럽게 울 수 있어요 전 모든 리듬에 박자를 타요 심장이든 다리든 리듬과 박자를 단순히 강약으로 이해해서는 안 돼요 울음의 박자가 꼭 약한 것만은 아니니까요 우리 모두 자신을 위해 두

팔을 감싸고 엎드려 보세요

가만히 안아 줄 수 있다면요

가장 멀리서 오는 슬픔

몇억 광년 떨어진
가장 가까운 눈물과 충돌하는 당신을

° 보이디(BOY.D)의 <이상한 날>.

우아한 쇠퇴

시스템에 주요한 손상이 있거나

적합하지 않은 새로운 정보가 입력되는 경우

— 남에게 전시하기 위한 피상적인 실망

— 최선을 다하지 못한 자책을 가리기 위한 기만적인 실망

당신의 성격구조를 차츰 왜곡시킵니다

당신의 기대는 한 번도 죄였던 적이 없어요

기대는 죄가 없고 당신도 죄가 없어요

그냥 상황이 그런 거예요

어쩌라고 정신으로 살아야 해요

기분이 흘러가는 대로 자신을 표류하게 두지 말고

입 밖으로 소리 내어서라도

그 순간을 당신이 종결해요

기대하세요

내일의 날씨

잠시 후의 점심 메뉴

오랜만의 시내 외출

개봉할 영화와 새로운 드라마

우리의 취미는 기대하는 것

백 번을 실망한대도

백 번을 실망한대도

당신의 과거는 당신의 미래를 정하기엔 힘이 약해요

그 기분이 당신의 어떤 측면도 감히 규정할 수 없다는 것을

우리는 매일 더 어른스러워야 해요

기대하세요

우리는 앞으로도 꾸준한 실패를 하게 될 거예요°

상처받지 않기 위해 고립됐다고 해도

최선을 다하고 있는데 자꾸 무너져도

아무렇지 않게 오해받거나

몸을 그곳에 두어야만 하는 상황에

나를 두는 것

죽음을 대하는 태도에

나를 두는 것

우리의 가치를 쓸모에 두지 않기로 해요°°

° 허지원, 「실패에 우아할 것」, 정신의학신문, 2021.

°° 음악가 김사월의 말.

큐레이터

창밖의 앙상한 가지만 품은 나무와
거실의 시들지 않는 의자를 번갈아 보며 생각한다
의자가 앙상해
뿌리를 내린 두 개의 다리
가지 같은 팔에서 자라난 플라스틱 포크

이 포크는 왜 아직도 버리지 않는 거야. 네가 물었다
이번만 쓰고 버릴 거야. 하지만 깨끗이 씻어 숨겨 둘 것이다

이면지로 쓸 고지서, 언젠간 읽겠으나 까먹을 책, 새 그릇보다 나은 죽 용기,
베르가모트와 레몬은 따로, 식탁 위엔 바나나 두 송이와 조미김 세 개, 이쑤시개와 휴지, 토스터, 과자 테이블은 내 앞에 두되 TV를 가리지 않고, 화분 밑엔 신문지를, 반드시.

모든 건 자신의 배치를 이해받을 생각이 없어
위치 선정을 고려하는 손짓에 복종할 뿐이지

네가 보는 건 착각의 전시야

제발 이런 것 좀 버려. 왜 자리만 차지하게 이런 쓰레기를 둬?

포장을 뜯지도 않은 물건인데 왜 버려
이건 쓸 만해 뭐만 하면 다 버린대 나중에 다 정리할 거야

대체 그게 언제인데.
나는 고개를 TV 앞으로 끌어다 놓는다
사레가 들린 네게 나는 물을 마시라고 맞장구를 친다

도와주고 싶으면 내가 없을 때 해 내가 없을 때
이젠 TV도 사지 말아야지

그 말도 안 믿어.
믿음은 왜 다시 쓸 수 없는 걸까

신을 재활용해 보려고 굳은살을 잘라 낸다

창문에 반사된 조명들이 전깃줄에 매달린다
저런 조명이 있다면 집에 하나 들여놨을 거야

차마 정리할 수 없는 그늘이 내가 없을 때 하라는 말을 늘어뜨린다

새로운 배치를 위한 햇빛의 시뮬레이션
철없이 명랑하다

겟세마네

시멘트로 잔뜩 조각난 동산
나는 겟세마네 사육 농장에 있는 반달가슴곰을 보고 있다

농장주가 사람들을 이끌고 왔다 주인이 곰에게 눈을 맞춘다
발톱으로 자신을 지키려던 옆 철창의 곰은 이미 발이 없다

발 없는 곰은 가출했다 돌아왔고 함께 도망친 녀석은 아직 찾지 못했어요
생각하면 참 아픈 손가락이에요 농장주가 앞서가며 말한다

여러분이 가고 나면 곳곳에 모빌과 캔디 케인을 달 거예요
곰이 생애 처음 철창을 나가는 날이거든요

농장주가 곰의 허리에 손을 찔러 넣는다

이 곰을 팔면 다른 곰의 사료도 살 수 있어요
결국 곰을 위한 거죠 곰을 살리는 거예요

그는 돌아오는 주에 사람들 앞에서 간증한다
저는 그날 새벽 곰에게 당신을 어떻게 기억해야 할지 물었습니다
나를 먹는 시늉으로 나를 묘사하라
저는 기도할 때마다 곰을 생각하며 눈물을 흘립니다

나는 도망쳤다던 곰을 생각한다
길을 따라 농장 대문으로 넘어서기까지

철창마다 반달곰이 허공에 찌그러진 동그라미를 그리고 있었다

뜬 장에 감기지 않는 눈꺼풀이 무성해진다

꽂혀 있던 열쇠는 벌레 먹은 잎사귀로 덮여 있다

낙엽을 쥔 사람들

나는 손을 다쳤다
도시는 길가의 낙엽을 쓸어 내고
사람들은 다시 새잎의 색을 감상한다
멀리 현장 실습을 나간 친구들은 몇 시간도 잠들지 못했다

먹구름은 새들을 몰아내며 하늘에 바리케이드를 쳤다
비가 쏟아질 것이다
어김없이 재진열되는 가을의 거리

횡단보도를 건너다 넘어졌다
점멸되는 신호등은 걸림돌 따위는 상관없이 깜빡인다

따개비처럼 도로에 달라붙은 자동차들이 재촉하며 경적을 울린다
나는 길을 건너기 위해 그것을 듣지 않을 수 없다
몇 사람은 넘어지고
일어서지 못할 때도 있었다

나는 오랜만에 마주한 어른 앞에서 손바닥을 펼쳐 보였다
빗물이 넘치고 있었다

어른은 담요를 가져오겠다며 문을 닫고
다시 열지 않았다
바람이 거미줄처럼 피부에 걸치기를 반복했다
거미줄에도 살갗이 베일 것 같았다

쓸려 나간 낙엽을 쥐고 있는 사람들이
안개 낀 거리를 마주 본다

아이를 돌려내라는 피켓은 테이프가 칭칭 감겨서
빗물에도 지워지지 않았다

주먹 쥐던 손바닥이 아렸다

나는 너를 잊지 아니할 것이라

— 이사야 49:15, 개역 개정

웃는 사람은 셋 우는 사람은 다섯
표정이 읽히는 날이 있다
누군가의 기일이 될 때면 페이지를 넘기듯 사람을 지나친다

생일을 앞두고 죽는 사람이 있다고요? 그의 죄는 무엇인가요? 주민등록증에 주소가 얼룩져 있었어요
보편적인 권리를 주장했습니다 우리 측은 전입신고 처리가 밀렸을 뿐입니다
도박하려는 게 아닌데 언제까지 존재를 담보해야 하나요? 이젠 귀 잘린 날이라고 불러야겠네요

주님이 나를 부르신대요 드디어 자리를 채울 수 있는 건가요?
아니 찬양이 흐르지 않을 때 표정을 봐 절반은 잠들어 있어
묵상이 아니지 묵념이야 얼룩진 구절은 그만 죽어 버렸거든
잠든 옆 사람의 뚫린 옆구리엔 침이 흐르고 있었다
덧바르는 사람의 백태가 너무 선명해요

나는 천국으로 갔다는 사람들을 기억하며 책을 넘겼다
한 줄기 빛이 한 페이지를 지나친다 그 문장밖에 보이지 않았다

나는 너를 잊　　　　　을 것이라

나의 기도가 죽은 것처럼 보이면 어쩌죠
근데 너는 시를 쓰고 있잖아 어차피 믿음 좋다고 할걸
맞아요 언제부턴가 전 기도할 때 눈을 감지 않아요
너무 작아서 사람들은 감은 걸로 착각하니까요 영영 들키지 않아요

추모원에서 수많은 페이지가 만들어지고 있다
밝은 얼굴 아래 가장 무표정으로 읽히는 글자
나는 너를 잊지 않을 것이라

불안을 그늘에서 들어 올려
빛이 드는 칸에 기도를 하나 더 꽂아 두었다

재활용품 재활용 위원

나의 상황을 표현하는데 굳이 플라스틱을 사용해야 했을까요?

두 가지 방법이 있어요

1. 실제로 봤던 플라스틱에 관한 뉴스나 영상에 대해 쓴다.

2. 플라스틱을 없애고 나의 상황을 쓴다. 전혀 다른 방향이 될 수 있기 때문에.

나를 먹는 시늉이 나인지 플라스틱인지 헷갈려서 튀는 느낌이에요 설명과 의도가 잘 드러나지 않아요 독자에겐 낯설 수 있어요 차라리 그물망이나 낚싯바늘에 대한 얘기는 어떨까요

우리라고 나오지만 플라스틱만 떠다니고 있죠 누가 버리고 있는 느낌이 나오지 않았다고 생각해요 의인화는 쉬운 방법이에요 느낌은 알겠어요 폐기물을 믿지 못하다가 직접 보고 나서 알게 된 거잖아요 묘사를 넣어 보세요

저는 고래나 상어에 대한 묘사들도 나왔으면 좋겠단 생각이 들어요 더 많은 어류를 잡기 위해 일본도 다시 고래 포경 사업을 불법 통제하고 있죠 우리가 버린 수많은 물질이 범고래의 뱃속에 있었어요 환경 단체는 진실을 가리고 우리는 다가오는 고래를 보며 애교인 줄 알고 쓰다듬겠죠

사람들이 플라스틱을 어떻게 다루는지, 플라스틱이 어떻게 사람의 몸을 입어 물 위를 떠다니고 있는지, 인간의 보편적인 소비를 깨트리면서 버리는 방식으로 가면 좋겠어요

내가 해양 쓰레기를 본 것, 한국의 상황, 고래와 상어의 상황 이렇게 세 개를 따로 두는 게 좋을 것 같아요

우화를 통한 이면은 양날의 검처럼 느껴지기도 해요 저는 민우 씨의 예전 시에 고래의 시선이 있어서 더 좋았거든요

이 재활용 표시는 너무 노골적이에요

상징을 전복한다면 얘기가 다르겠죠

여러분 아무것도 아닌 걸 플라스틱으로 쓸 수 있어요
힘을 빼고 천천히 가보세요

아무래도 미세플라스틱을 먹게 되는 건 어쩔 수 없지만요
개연적이진 않았으면 좋겠어요
그러니까 조급해하지 않아도 괜찮아요

서로서로 영향을 받는 게 참 좋은 것 같아요
이대로 두면 감성적으로 끝나니까 이렇게 바꿉시다

오늘도 불태웠습니다
다음엔 다른 플라스틱을 쓸지 좀 더 고민해 볼게요

두상 교정 헬멧

너 잘할 것 같애 공무원 시험 봐봐 누나가 말했다
나는 블록을 잡았다가 놓는 조카들을 보며 웃다가
아기의 귀를 감싼 두상 교정 헬멧을 바라봤다

뒤통수가 납작해서 둥글게 예쁘게 만들어 주는 거야
그럼 답답해하지 않을까
괜찮아 웃고 있을 때 얼른 씌워 두면 돼
왠지 쓰고 나면 조카는 울음을 멈추는 것 같고

첫째 조카는 웃고 헬멧 쓴 둘째는 표정이 없다
아기에게서 시큼한 향이 난다
레몬즙은 풍선을 터뜨릴 수도 있대
누나가 기저귀를 확인하며 말했다

애가 울 것만 같아 나는 딸랑이를 집어 들고
해본 적 없는 굿판을 벌인다 뭐가 그리 슬프니 우루루루
맞은편의 첫째는 동생의 장난감을 넘어뜨리고 해맑게 웃는다

누나는 둘째를 번쩍 들어 한결같은 자세로 노동을 반복한다

아기의 침이 정말 깨끗해 보여서 닦아 주는 것도 잊었다

너 울다가 웃으면 엉덩이가 어떻게 되는 줄 알아

내가 평생 흘려듣던 말이 아기의 헬멧에 듬성듬성 달라붙는다

우리는 보행기에 아기를 싣고 버튼들을 하나씩 누르기 시작했다

꼭 오락실에서 동전을 넣기 전처럼

그냥 애들이랑 같이 노는 거지 아무튼 너도 준비해

나는 한 문젠가 틀려서 떨어졌지 계속했으면 됐을지도 몰라 누나가 말했다

아기들은 매일 보행기를 낯설어한다

덕분에 우리는 오락을 그만두지 못하고

나는 누나가 계속 시도했으면 정말 됐을 거라고 믿었다

아기는 건반을 마구 눌렀다
바닥을 밟아 대면 비가 오는 줄 아는 도요새처럼
나는 내릴 때도 아닌데 하차 벨을 계속 누르고 있었다

세수할 때마다 가끔 이명이 들린다
아이들이 울음을 억지로 멈추는 것에 익숙해지지 않길 바랐다

이어서 쓴 시

기이한 일주일이었다

따귀 맞은 내 두개골을 세탁기에 던져두는 날
탈수 버튼을 누르고 나는 술을 마셨다

전화기를 잡는 손 모양처럼
어제 연락한 사람도 낯설어진 것이어서

모르는 것을 묻지 않기로 하자
말을 잃은 관계는 요단강 아래 만나게 돼서

욕조에서 불면으로 잠긴 슬픔이 사랑이었다니
호숫가의 물풀 보듯 굴절되어서

책갈피 삼은 러브레터를
「개자식」이라는 시에 꽂아 두는 마음이어서

나는 따뜻한 휴일에 걸맞는 시집을 읽으며

아무도 원망하지 않고 잠들었다

위액이 담긴 커피에 시럽 몇 방울 떨어뜨리는 일

schadenfreude°

fremdschämen°°

weltschmerz°°°

torschlusspanik°°°°

애매모호한 슬픔을 정의한 독일어들이 늘어 갔다

° 남의 불행이나 고통을 보면서 느끼는 기쁨.
°° 다른 사람이 당혹스러운 일을 겪는 것을 목격한 후 다른 사람에 대해 당혹감을 느끼는 것.
°°° 현실은 마음의 기대를 결코 만족시킬 수 없다고 믿는 염세적 감정.
°°°° 나이 때문에 중요한 삶의 목표를 더 이상 달성할 수 없다는 두려움.

망치를 들고 있으면
모든 것이 못으로 보인다

나는 망치를 책갈피로 쓸 수 있다
망치의 개별성
망치지 않으려면 이걸 잡는 순간부터
녹슨 못을 피할 궁리를 하면 안 돼
우리는 카페에서 각자의 망치를 든 채 토론했다

두꺼운 미스터리 소설 위에 올려 둔 망치
맞은편에 뒤틀린 못이 있었다
이미 척추가 꺾여서 반대로 휘어져도
자세를 교정할 수 없다
허리 좀 펴
친구가 허리를 펴려다 커피를 쏟았다

책을 몇 장 뜯어 탁자를 닦고 코를 푼다
이제 모두에게 알리바이가 생겼어
엎지른 피를 닦았던 내용이 사라졌으니까

지루해진 소설에 가만히 눈을 감고 잠들었다

우리는 망치리의 몽돌해수욕장을 걷는 꿈을 꾼다
몽돌 사이로 파도가 감기는 소리
몽돌이 해변을 따라 물놀이한다
나도 하나 주워 가면 예쁜 소리를 가질까 누군가 물었다

몽돌이 만들어지는 데 걸리는 시간을 생각하면
어떤 못은 녹슬어도 그 자리에 있어야 한다

규칙적으로 스치는 바람과 진동
내가 해변에서 멀어질수록 파도 소리가 커졌다

마감 시간을 앞둔 직원이
탁자를 두드리며 나를 수직으로 일으켰다
커피가 해일처럼 들이닥치고 있었다

음악 작업 방송

문제가 생겼어요 채팅이 안 보여요 여러분의 말이 피시에선 보이는데 폰으로는 안 보여요 방송 화면 보이시나요

맥북 안에

    맥북 안에

        맥북 안에

            맥북이 있군요

싱크는 잘 맞죠 하나 둘 셋 넷 네 잘 맞아요 일단 각자 작업을 합시다

보시다시피 저는 음악을 만들고 있어요

로직으로 3중주 만들기 프로젝트

먼저 비트를 깔고 소리를 엎질러 볼게요

꽃잎이 흩날립니다 오스만투스 향이 느껴진다고요? 이 음들은 사실 인간미가 없죠

류이치 사카모토의 반도 못 따라갈 거짓 감성

시향지를 책갈피로 쓰세요? 그건 인간미 있다 시향지 하얗잖아요 제 마우스도 하얗죠

마우스로 3중주 만드는 게 사실 말이 안 돼요 수많은 색을 뽑아내지만 질감은 실제 연주만큼 다양하지 않아요 저는 외주도 아니니 그냥 합니다 밖엔 비가 오네요 120BPM이 일정해요 땅이 하늘에 메트로놈 외주를 맡겼나 보다

손가락이 스쳐서 흐릿해진 글씨 같은 소리

저는 사람들을 조명 위에 던져둘 때가 제일 좋아요
다음의 다음을 예상할 수 없게끔
누구도 구분 짓지 않는 멜로디
이 분홍색 영역에 라틴 비트를 넣을 거예요

이제 한번 들어 볼까요

제목을 위한 제목 마무리를 위한 마무리
손톱이 떨어질 것 같은 피아노
폐차 직전의 자동차
저는 부모 가슴에 박는 대못으로 자라났죠
여기에 CCM을 집어넣을까요

헤테로 가족의 참상이 떠오르네요

일단 담배 피우고 와야 나머지가 만들어지겠어

어, 이제 보입니다. 여러분이.

누가 너를 내게 보내 주었지?°

사방이 흰 타일로 둘러싸인 시체 안치소에서
진갈색 반곱슬머리와 뾰족한 턱을 보니
서래 씨가 흥얼거리며 누워 있던 욕실 같았어요

나이에 어울리지 않던 당신의 무료함이
눈을 감은 당신의 표정에도 고여 있어요

우리는 허기를 느끼면서도
손을 꼭 붙잡았고
죽은 생선과 엑스레이
안약과 빗물
청록색 바다와 노란 블라우스
불면을 농담 삼았죠

내 숨소리를 들어요. 내 숨에 당신 숨을 맞춰요.
이제 바다로 가요. 물로 들어가요. 당신은 해파리예요.

그렇게 이상한 말을 던져두고

이상하게 생각하지 말아 달라던
당신이 자꾸 생각나요

당신은 내 기억 한 토막을 떼어서
목청 높여 떠들지 않고
누군가의 얘기를 들으려 한 것처럼
내 인생에서 자리를 옮겼어요

파도에 발이 잠겼을 뿐인데 내 갈비뼈에 가느다란 실금이 생겼어요

취한 채로 탁자의 그릇과 술잔을 정리했죠
낮게 드리운 청회색 구름들
함께 올려다보던 첫새벽 하늘

나는 증기처럼 아득한 기억의 모조품만 수집하고 있어요

꿈에서는 파도를 한 겹 두르고 당신이 내게 와 덮여요

어느새 이불이 세 겹이 되었는데도 나는 곤히 잠들어요

◦ 권여선, 「진짜진짜 좋아해」, 『비자나무 숲』, 문학과지성사(2013).

태풍과 카레

태풍이 북상 중이었다 엄마는 뉴스를 보기 전부터 머리를 말리며 태풍이 올 것을 단번에 알아챘다 그는 가끔 자신이 미련하다고 말하지만 사실 누구보다도 총명하다 누구에게든 다정할 수 있다

아빠는 엄마에게 전화를 건다 오늘은 카레를 먹고 싶다고 말한다 그럼 사드쇼, 하며 엄마는 전화를 끊는다 그는 냄비에 물을 담아 카레 가루를 푼다 냄비 속에 난기류가 흐른다 태풍은 조금 누렇거나 거무죽죽하다 나무 주걱이 바람의 방향을 따라 움직인다 수온이 높아질수록 어그러지는 야채들 공기가 묵직해질 때 엄마는 냄비에 고추 몇 개를 썰어 넣는다

나는 베란다의 창문을 연다 길가에 연인이 걸어가고 있었다 천둥 번개는 입을 맞춘다 묽은 비가 뚝뚝 떨어진다 연인은 손을 들어 서로의 머리를 가려 준다 연인이 바람의 방향을 거슬러 버섯들을 가로지른다 뭉친 덩어리는 풀어질 기미가 안 보인다 알싸한 기류가 감돌 때
창문을 닫으면 회색빛의 여름도 흔한 풍경이 된다

휴일에 나는 카레를 먹으며 어떤 사람이 쓴 사랑시를 감상한다 연인은 뭉근하게 서로를 안은 채 읽고 쓰는 일을 멈추지 않았다 나는 숟가락으로 조금 휘젓다가 한술을 떴다 입천장에 혓바닥이 연달아 감긴다 잠깐 담갔을 뿐인데 몇 마디가 묻은 걸 느꼈다 지난여름 나는 헤어진 후에 카레를 먹으러 갔다 나는 더 물들기 전에 흘린 당근을 떼어 냈다 이거 오늘 처음 입은 옷인데 내가 말했다

어떤 옷에도 카레의 흔적이 남지 푹 익으면 당근도 먹게 돼 엄마가 말했다

온종일 바람과 빗물이 흐르고 있다
질기지 않은 식감에 만족하며 나는 태풍이 어디까지 다다를지 상상한다

연인은 지나간 길로 다시 오지 않았다

다음 장면으로 넘어가기

최선교
해설

다음 장면으로 넘어가기

그는 튤립 축제가 한창 열리고 있는 공원을 찾았다(「튤립 축제」). 자연스럽게 나고 자란 튤립 따위는 하나도 없고 온통 인위적으로 심은 튤립뿐이다. 하지만 어디까지나 그런 생각을 할 뿐. 그는 그것을 보고 예쁘다고 말하거나, 튤립 옆에서 어정쩡하게 웃으며 사진도 한 장 찍는다. 깊은 곳에 몰래 자리 잡는 정체를 알 수 없는 괴리감. "나는 그것을 예쁘다고 말하고 있다." 그리고 그는 그렇게 말하는 자신을 본다. 풍경을 기록하고, 풍경의 이면에서 풍기는 수상쩍은 냄새를 맡고, 그 알아차림을 은연중에 슬쩍 흘리다가, 그런 각성과 별개로 풍경에 녹아든 자기의 모습을 발견하고, 결국 그런 자기 자신을 바라본다. 요컨대 최민우의 시가 시작되는 지점은 튤립을 바라보는 나를 바라보는 나. "내 말에 답하는 또 다른 나/ 그 위에 또 하나/ 그 밑에 또 하나"(「달빛으로 자란 검은 나무」). 이 시집은 그 모든 '나'를 빠짐없이 그린다.

"하나씩 분리된 나를 크로키"(「맑게 터지기」)하는 과정의 시차로 인해 다수의 시편은 '문득' 꿈같은 상태에서 깨어나며 끝이 난다. '나'는 어딘지 알 수 없는 '지금'으로부터 매번 몇 겹쯤 떨어져 있다. 마치 "영사실에서 영화를 튼 채 꿈속에서 꿈을"(「롱 숏」) 꾸는 것 같다. 현실을 재현한 영화, 그 영화를 보고 있는 관객, 그 관객의 한 발 뒤에서 영화를 재생하는 영사실, 그 안에 있는 '나', 그리고 그곳에서 꾸는 꿈속에서 한 번 더 꾸는 꿈. 예술과 언어가 필연적으로 재현된 실재에 불과하다고 말하려는 것은 아니다. 이렇게 쌓인 수많은 겹은 서로 다른 방향으로 흩어지지 않는다. 적층된 화면은 아주 많은 이야기를 동시에 하는 것이 아닌, 마침내 해야 하는 단 하나의 이야기를 위해 차곡차곡 쌓인다. "우울-절망-슬픔이란 말로 가난을 완성할 수 없"(「정체성」)듯이 그는 완성하고자 하는 무엇을 위해 가끔은 모순된 다종의 시선을 켜켜이 쌓는다. 이런 방식으로 '나'와 세상을 겹겹이 감싸면서 직면하지 않으려는 '무언가'의 정체를 묻지 않을 수 없다. 묻어 두는 사람은 숨기는 사람이면서, 그것을 언제든 들여다보려는 사람이기 때문이다.

이 세상은 "존나 기괴"한 일들로 가득하다(「소시민」). 멀쩡히 살던 집에서 사람들을 쫓아내거나 지하철을 타려는 승객(장애인)을 가로막고 비난하는 세상이 어째서인지 망하지 않고 굴러간다. 가끔은 그런 세상을 기괴하다고 생각하는 '나'가 기괴하다. '나'는 불행한 사람이 너무 많아서, 이 사실만으로도 결코 행복해질 수 없다고 느끼며 이런 기행을 벌이는 사람이다. "동사무소 거울 앞에 항상 행복하세요라고 쓰여 있길래/ 이 건물이 내게 무리한 요구를 한다고 민원 넣었다"(「소시민」). 무엇이 더 기괴할까? 이 세계는 지나치게 유해하고 '나'는 이 불의한 세계에 유독 취약하다. 외부에 대한 면역력이 약한 '나'는 그 모든 일을 바라보는 시선에 몇 겹의 층을 덧대는 방법을 생각해 낸다. '나'의 심연이나 세상의 본질 중에서 그 무엇도 제대로 직면하지 못하게 하려는 시도로 설치된 일종의 에어백은 결국 '나'를 보호하려는 시도이다. 기괴한 세상에서 벌어지는 불의는 '나'가 견딜 수 있는 용량을 언제나 훌쩍 초과한다. 세상을 견디는 것만큼이나 그런 세상에서 살아가는 '나'를 견디는 일도 비슷하다. 겹겹의 모순과 괴리 속에서 '나'를 보호하기 위한 더미들이 쌓이고 "나조차도 납득 못 하는 나의 세계관"(「소시민」)이 탄생한다.

> 버스 정류장에서 경기 바다 해양 수산물 기준이
> "안전"인 것을 발견했다
>
> 상처받지 않는다는 것은 완전히 고립됐다는 뜻 아닙니까?
> 그래 제길 나 이렇게 살았어
>
> —「소시민」 부분

'나'는 안전하다. "상처받지 않는다". '나'는 '나'의 집을 빼앗기지 않았다. '나'는 누군가의 반대에 부딪히지 않고 지하철을 탈 수 있다. 하지만 그 순간 '나'가 안전하다는 사실이 도리어 가장 기괴해진다. 이 시집의 '나'가 경험하는 세상의 불의는 '뺏는다-빼앗긴다'라는 차원보다, '뺏는다-빼앗기는 것을 본다'는 간접적 관계로 구성된다. 시집에서 발견되는 위악적인 웃음과 위선적인 울음은 '보는 사람'인 '나'가 결코 온전히 누릴 수 없는—누려서는 안 된다고 느끼는—웃음과 울음을 변주한 결과이다. 지구 어딘가에서 "버려서 타다 남은 옷들이 강가로 떠내려" 오는 동안, "폐페트병을 녹여 재활용한 옷을 입고 너를 만"나 "마치 바다를 청소한 것 같다"라고 느끼며 너스레를 떠는 '나'는 무엇이 문제라는 것을 어렴풋이 느끼지만, 직접적 재난으로부터 완벽히 고립되어 있다(「폭설 여름」). 이도 저도 아닌 '나'의 농담이 남기는 불쾌한 이질감. '나'가 치루는 안전의 대가는 고립이다. 삶을 지속하기 위해 선택한 안전의 상태가 역설적으로 '나'가 누려야 할 삶의 '진정한' 장소를 빼앗는 것이다.

이런 의식조차 너스레를 떨며("그래 제길 나 이렇게 살았어") 넘겨야 하는 이유는 정서적이고 관념적인 차원을 넘어 현실에는 '실제로' "자리를 잃은 존재들"(「고라니 특공대」)이 무더기로 살고 있기 때문이다. 이 시집은 삶의 공간을 물리적으로 빼앗긴 존재들을 자주 바라본다. 그런 '나'는 일상에서 수행하는 행위들에서 모종의 죄책감을 느끼며 생존의 공간을 박탈당한 존재를 돌연 떠올린다. "내가 비닐우산을 챙길 적에 그리스와 리비아는 폭우가 덮쳐 사람들이 떠내려가고 있었다. 집이 없는 사람들은 어디서 잠들까"(「정체성」). 느닷없지만 꾸준히 방문하는 죄책감에 묻어나는 상당히 근본적인 죄의식—그러나 세상의 불의와 '나'의 책임 소재 사이의 연결고리가 명확히 드러나지 않은 상태—은 이 시집을 구성하는 주요한 정서이다. "되새김질하던 신과 죄와 꿈을 멈춰야겠다/ 그러나 그건 나를 구성한 삼위일체"(「부재중」). 여기에 구원이나 회심의 가능성은 철저히 생략되어 있다. 누가 잘못했고, 누가 그것을 용서하며, 어느 정도의 누구에게까지 그 책임을 물을 수 있을까? 시집의 화자들이 느끼는 죄책감은 여전히 모순된 리듬에 쌓여 있다. '나'는 세상의 불의에 알 수 없는 죄책감을 느끼는 동시에, 자기가 죄책감을 느낀다는 사실에도 또 한 번 죄책감을 느낀다. 그리하여 죄를 씻는 의미로 베푸는 세례는 공허한 의례에 불과하다. "죄가 씻겨 내려"가는 일은 절대 없으며 가끔 그럴 수 있을 것 같은 순간에도 오직 "기분만 그렇다 기분만"(「스테인리스 비누」). 누구에게, 무엇을 잘못했는지 알 수 없지만 언제나 한 가지 확실한 것. 어찌 됐든 언젠가 내가 벌을 받고 말리라는 예감.

> 나는 오늘도 무언가를 죽였다
> 몸은 그걸 잊지 않는다
> 슬퍼할 겨를 없다
> 가치를 모르는 나의 최후를 하루빨리 겪고 싶다
>
> —「풍경을 500자 이내로 서술하시오」 부분

"무언가를 죽였다". 불분명하지만 선명한 이 사실은 "몸"에 새겨져서 결코 잊어버릴 수 없다. 이 시집은 곳곳에서 "내 인생에 중요한 무언가가 빠진 것 같"(「아트시네마」)다는 식의 미심쩍은 이의를 반복하며, 죄의 실체를 확인할 수 없음에도 불구하고 벌을 받는 자기의 미래를 확신한다. "가치를 모르는 나의 최후"는 정해진 것이므로 그것을 "하루빨리 겪"는 것이 최선이다. 앞서 '나'를 보호하기 위해 쌓은 더미들은 '나'가 마주해야 할 '무언가'를 확인할 수 없게 만든 원인이었다. 동시에 이 시집의 화자들은 끝내 자신이 알아야 할 '무언가'를 모르는 체하고 있다는 기분을 깔끔하게 무시하지도 못한다. '나'의 시선이 겹겹으로 쌓이며 '무언가'를 똑바로 직면하지 못하게 할 수는 있으나, 동시에 겹겹마다 놓인 진실은 있는 그대로 보존되고 있기 때문이다. "창문은 다른 곳을 바라보는 나를 비춘다// 수많은 나/ 왜곡되지 않는다"(「폐건물 서커스」). 여전히 그게 도대체 뭔지는 알 수 없지만, 어딘가에 있는 '나'는 '무언가'를 해야 할 책임이 있다. 그 책임을 이행하지 않는 것이 '나'의 죄일 것이다. 무언가를 놓치고 있고, 그리하여 벌을 받을 것이라는 확신. 그리고 이 문장을 거꾸로 뒤집을 때, '나'에게는 해야 하고 할 수 있는 '무언가'가 있(었)다는 사실이 선명해진다. "신을 재활용"(「큐레이터」)하듯이 뒤집힌 문장은 이 시집의 믿음이 된다.

나는 영사실에서 영화를 튼 채 꿈속에서 꿈을 꿨다

나는 영화 촬영장의 조연이었다

내게 주어진 지문은 계단을 오르는 것이다 동선이 꼬이면 안 되는데

계단 아래서 몇 번이고 망설였다

파스텔 톤의 회색 사람들이 나를 기다리고 있다

조연 3은 더는 NG를 내고 싶지 않아 나보다 앞서 계단을 오른다

(……)

여기 있습니다 외치는 누군가의 손이 지하철로 들어선다

안내 방송이 변주되며 문이 열린다

지하철 문틈에 그가 탄 휠체어 바퀴가 낀다

나아가지 못한 사람들이 그에게 말한다

모두가 움직이지 못할 때 안주하는 것은 죄악이다

사람들은 그를 무대 위로 밀어 놓고 빈자리에 앉아 자신을 소개한다

저는 출근해야 돼요 저는 급한 약속이 있어요

나는 입을 다물고 엘리베이터로 향했다

역 안에 멀뚱한 그림자가 빼곡하다

희미한 핀 조명이 그에게서 떠나가지 않는다

빛이 먼지를 지그시 누른다

세트장과 함께 엘리베이터가 심하게 덜컹거렸다
커피가 흘러넘치자 꿈에서 깼다
인기 없는 독립 영화의 마지막 장면처럼
나는 부스스하게 살아남았다

(……)

나는 휠체어 바퀴를 잡고 숨을 들이마시며
내뱉지 않고 다음 장면으로 나아간다

창문 너머 풀 냄새가 밀려왔다

—「롱 숏」 부분

꿈속에서 "계단을 오르는 것"이 '나'에게 주어진 간단한 지문이다. 그러나 '나'는 "계단 아래서 몇 번이고 망설"이며 좀처럼 움직일 수가 없다. 그러다가 "내가 정말 생각한 적 없는 말"이자 "대본에 없던 대사"를 떠올린다. "모두가 움직이지 못할 때 안주하는 것은 죄악이다". 이어지는 장면에서 이 대사는 '나'뿐만 아니라, 지하철을 타려다가 문틈에 휠체어 바퀴가 낀 '그'에게도 적용되는 중의적 의미를 갖는다. '나'와 '그'는 모두 움직일 수 없다. 그런 '그'를 바라보던 "사람들은 그를 무대 위로 밀어 놓고 빈자리에 앉아 자신을 소개한다". 무대 위에 올라간 것은 '그'이지만, 객석에 앉은 엉뚱한 사람들에게 발화의 자격이 주어진다. "저는 출근해야 돼요 저는 급한 약속이 있어요". '나'는 무대 뒤편에서 몰래 공연을 훔쳐보는 사람처럼 그 모든 대사와 동선의 기괴함을 포착한다.

피사체를 아주 멀리서 촬영하는 롱 숏 기법에서 인물은 작아지지만 한 프레임 안에 피사체와 주위 환경이 동시에 담길 때, 보는 사람은 그 인물이 어떤 위치에 있는지를 알게 되며 이는 도리어 피사체에 관해 더 많은 설명을 해주기도 한다. 피사체로부터의 거리가 점점 멀어질수록 두꺼워지는 시선의 층위, 그렇게 바라본 '나'는 어디에 서 있으며 '나'의 주위에는 무엇이 있는가. 꿈속에서 꿈을 꾸는 '나'가 차지하고 앉은 영사실은 모든 것에서 가장 멀리 떨어진 곳이자, 모든 것을 가장 잘 볼 수 있는 장소이다. 그곳에서 이러지도 저러지도 못한 채 망설이기만 하던 "나는 입을 다물고 엘리베이터로 향했다". "자리를 잃은 존재들"(「고라니 특공대」)이 무대 위로 밀려갈 때, '나'의 위치는 무대 위도 아니고 당사자의 대사를 가로채는 객석도 아니다. 영화는 그렇게 끝이 나고 "부스스하게 살아남"은 '나'는 늘 그렇듯 어딘지 미진한 기분을 느낀다.

거리감으로부터 발생하는 미진한 상태에서 여전히 해야 할 '무언가'의 정체를 알 수는 없다. 하지만 멀리서 바라보는 시선에는 '나'와 '그'와 '사람들'이 차지하고 있는 위치, 그리고 우리가 발을 딛고 있는 풍경의 기괴함이 담긴다. 어느 쪽에 서 있어야 할지, 어디로 가야 할지가 보이기 시작한다. 따라서 '나'가 선택하는 것은 구체적인 '무언가'의 내용이 아니라 방향이다. "나는 휠체어 바퀴를 잡고 숨을 들이마시며/내뱉지 않고 다음 장면으로 나아간다". 시는 "다음 장면"의 모양을 그리지 않으면서, 다시 말해 '무언가'의 내용을 채우지 않고 그대로 끝이 난다. 남겨지는 것은 다음 장면으로 향하는 발걸음. 해야 할 '무언가'에 대한 믿음은 "창문 너머"로 넘어오는 가느다란 "풀 냄새"를 풍긴다. 이 희미한 냄새를 따라가고 싶어진다. 다음 장면에 있을지도 모르는 '무언가'를 믿고 싶다. 미진한 믿음의 방향을 따라 걷는다. 다음 장면으로 나아간다.

> 슬픈 장면에서 벗어나는 것을 슬퍼하는 사람들
> 나는 그것이 쉽게 슬프지 않고
> 나아가는 방법을 떠올린다
>
> 내가 출발했던 장소로 돌아가고 있다
>
> —「겨울 팔레트」 부분

타이피스트 시인선 005

학교를 그만두고 유머를 연마했다

1판 1쇄 2024년 10월 10일
1판 2쇄 2025년 5월 26일
지은이 최민우
펴낸곳 타이피스트
펴낸이 박은정
편집 박은정
디자인 코끼리
출판등록 제2022-000083호
전자우편 typistpress22@gmail.com
ISBN 979-11-989173-0-0